KB177885

전갈자리에서 생긴 일

전갈자리에서 생긴 일

이응준

작가
정신

개정판 작가의 말

전갈자리 전문電文

—『전갈자리에서 생긴 일』 개정판 〈작가의 말〉을 대신하여

이 어두운 책의 초판이 세상에 나온 것은 2001년 3월의 일이다. 내가 내 삼십 대의 터널 안으로 저벅저벅 걸어 들어간 지 얼마 안 되었을 무렵이다. 그곳은 거대한 고래의 배 속 같기도 했고, 아픔이 빤해서 만지거나 뒹굴기가 민망한 가시덤불 같기도 했다. 바로 전해 늦가을과 초겨울 사이에 집중해서 원고를 만들었던 것으로 어렴풋이 기억한다. 세기말의 우울한 묵시록과 새 천 년의 명분 없는 혼돈이 교차하고 있었다. 한여름 별 이유 없이 며칠 간 베트남 사이공으로 여행을 갔던 나는 벤타인 시장 한 귀퉁이 선물 가게에서 아래와 같은 구절이 날카로운 자국으로 새겨진 그을음투성이 지

포라이터 하나를 기념 삼아 사게 되었다.

— When this marine dies he will go to heaven because he has wasted his youth in hell.

이것을 두고 선물 가게 주인은 베트남전쟁 당시 미 해병이 참호 속에서 쇠못으로 적어 넣은 거라며 떠벌렸으나 바보가 아니고서야 이미테이션의 의혹을 지울 수는 없었다. 찜통처럼 무더운 사이공 시내를 한참 돌아다니다가 묵고 있는 호텔에 돌아온 나는 찬물로 샤워를 한 뒤 침대에 누웠지만 이상하게 잠이 오질 않았다.

— 이 해병은 죽어서 천국에 임할 것이다. 그가 지옥에서 그의 청춘을 낭비하고 있기 때문이다.

이 문구가 마치 불에 덴 손끝마냥 자꾸 쓰라려 왔던 것이다. 묘한 심적 동요였고, 와중에 나는 '인간'과 '전갈'이라는 결코 연결되기 쉽지 않은 두 개의 단어를 너무나 당연한 듯 동시에 떠올렸으며 어느새 '전갈자리에서 생긴 일'이라는, 나로서는 그것이 과연 무엇인지 아직은 알 수 없었던 어떤 괴이한 소설의 제목과 그 첫 문장, "그는 11월의 전갈자리에서 태어났다. 세상에서 가장 끔찍하고 추한 것은, 날개 달린 짐승이 바닥에 얼음처럼 누워 죽어 있는 모습이다."를 노트 한 구석에 악필로 써내려가고 있었다.

그 시절, 탐미주의자로서의 문학적 한계에 불안해하던 나는 1인칭의 독방을 벗어나 3인칭의 광장으로 나아가고 싶었다. 한데 아니나 다를까. 여기서도 나는 매사에 늘 그랬듯 이를 악다문 채 엇나가버리고 만다. 탐미주의를 제거하는 게 아니라 도리어 탐미주의를 더욱 벼려서 그 극단으로 치닫는 길을 택했던 것이다. 아마도 그것은 체질이나 지성이라기보다는 차라리 종잡을 수 없는 내 예술적 신앙이었는지도 모른다. 그래서인지 이 책의 내면은 잔인무도하고 전위적인 겉모양과는 달리 사뭇 적막하고 고전적이다. 도대체 나는 미로迷路 같은 내 언어들로 뭘 증명하려 했던 것일까? 가령, 나는 사랑을 이야기하는 것과 악령을 이야기하는 것이 크게 다르지 않다는 절망스러운 가설을 세워놓고 있었다. 사람들은 살아 있는 짐승을 죽여 그 영혼이 떠나간 고기를 먹듯 이념을 필요로 한다. 하지만 가만 깊이 들여다보면 우리가 이념이라고 자부하며 떠벌리는 것들의 대부분은 기실 이념이라기보다는 신학神學에 가깝다. 이념은 세상에서는 가능하지 않은 현실을 원하고, 신이란 모르는 모든 것들을 한꺼번에 수습하기 위해 인간이 호출한 물음표 형상의 블랙홀이기 때문이다. 인간은 물음표를 숭배하고 그로 인해 구원받았다고 착각하는 황당한 짐승인 것이다. 나는 소설가가 아니라 무슨 철학자가 되고 싶은 거냐고 이 책을 쓰는 내내 문득문득 스스로를 비웃었지만, 돌이킬 수 없이 많은 죄를 짓더라도 한낱 이야기꾼이 아닌 '현대작가'가 되기를 간절히 소망했다. 물론 이제 문학을 그런 식으로 하는 시대는 전 세계적으로 저물어버렸다. 요즘의 '소위' 작가라는 것들은 '재미난 이야기 공장'이 되어 '쌩쇼'를 일삼아야 한다. 하긴 그것도 나쁜 노릇만은 아닐 것이다. 그러나 이해할 수 있는 이야기만으로 인간을 바라보는 그런 사이비 낙관이 인간을 더욱 이해할 수는 괴물로 만들기 마련이다. 문학적으로 타락했다는 것은 질문 앞에서 타락했다는 뜻이며, 또한 질문을 잃어버린 인간을 가리킬 것이다. 바람직한 인간은 (물음표 형상의 블랙홀인) 신을 자신의 외부가 아니라 내부에 둔다. 우리는 각자의 삶과 죽음에 대한 절박한 질문을 가슴속에 소중히 간직하면서 실존해야 한다. 그 일이 비록 아무리 고통스럽다 하더라도 기어코 그래야만 인간은 동물일지언정 악마까지는 되지 않을 수 있다.

얼마 전에는 이 책을 원작으로 하는 장편 상업영화를 제작할까 하여 시나리오 구상 차, 그야말로 17년 만에 사이공에 다시 가 보았다. 급격히 발전해 완전히 다른 공간으로 변해버린 사이공을 걸으며 나는 나의 과거를 칼에 찔린 듯 후회했고, 그렇게 한심한 것이 청춘이라면 인생 자체를 사랑할 수 없을 것만 같아 무서웠다. 이 책의 초판이 출간될 당시 나는 그 이후로 내 삼십 대 전체가 그토록 어리석음과 환란에 휩싸여 뒤흔들릴 줄은 도저히 상상조차 할 수 없었더랬다. 그러나 나는 이 책의 주인공과는 달리 자연인으로서도 소설가로서도 어쨌든 살아남았다. 내가 이렇게 말하는 것은, 내가 소설가로서만이 아니라 정말로 육신의 목숨을 잃을 뻔했었던 까닭이다. 이 책의 주된 무대가 되었던 그곳을 전생처럼 배회하는 동안 나는 현대작가라는 '현대의 사제司祭'가 되고 싶어 했던 나의 젊은 옛 모습이 그리웠다.

나는 이 책이 오로지 어두운 이야기만은 아니라고 믿는다. 이것은 억지가 아니다. 모순 속에서 빛나는 것이 미학임을 문학과 예술은 우리에게 가르쳐준다. 책이란 것이 사람보다 더 쉽게 죽어버리는 세태에도 이 책은 굳세게 버텨 사라지지 않았기에 나는 감사하며 기도한다. 부디 더 먼 훗날에도 작지만 오래도록 선명한 불꽃으로 생존해, 진정한 인간이기에 누구도 저버려서는 안 되는 저마다의 물음표를 비추는 데에 도움이 돼 달라고. 왜냐하면, 숨이 끊어지는 그 순간까지 우리는 곧잘 이런 질문들과 마주하기 때문이다. 당신과 나는 인간일 수 있는가? 아니라면. 전갈일 수밖에 없는가? 자, 이제 우리의 전갈자리에서는 어떤 일이 벌어질 것인가?

2017년 5월

이응준

초판 작가의 말

잔인한 어둠에 갇힌 한 사내의 몰락을 그리고 싶었다. 그는 용기와 희망에 있어서 무척 가난하고, 무엇보다 매사에 지혜롭지 않아야 했다. 지금도 나는 그를 동정하기조차 싫다. 그는 정말이지 인간쓰레기이기 때문이다. 그러나 인생을 살다 보면 악마와도 거래를 하게 되는 경우가 더러 있게 마련이다. 나는 내가 답보하고 있는 미궁을 벗어나기 위해 그를 이용했는지도 모른다. 나는 승자의 기록일 뿐인 역사라든가, 영웅과 위안의 유치한 전기 따위를 적으려 했던 게 아니다. 패배자의 은밀한 내면인 문학을 원했던 것이다. 불안하고 목마르기에도 모자라, 결국 뿌리째 뽑히고 만 어느 인간의 영혼에 관한 이야기. 이 책은 그 이상도 그 이하도 아니다. 이제 나는 강 저편으로 건너가 젖은 마음을 말리려 한다. 여기는 너무 좁고 답답해 자존심이 상하고 자꾸만 몸이 아프다.

어려서부터 내 꿈은 단순했다. 내가 쓴 것을 누군가 읽어준다면 다른 바람이 없었다. 그것이 비록 불행한 꿈일지라도, 내게는 아직도 두 개의 꿈이 필요치 않다.

2001년 1월의 마지막 날에

이응준

차례

1

그는 11월의 전갈자리에서 태어났다. 세상에서 가장 끔찍하고 추한 것은, 날개 달린 짐승이 바닥에 얼음처럼 누워 죽어 있는 모습이다.

그는 이 지구라는 미궁으로 떨어져 처음 가족 앞에 나타났을 때, 너무 슬퍼서 그만 울어버리고 말았다. 그는 원하던 붉은 장미, 혹은 제비나비가 되지 못한 채, 그렇게 11월 겨울밤 전갈자리의 인생을 강요당했던 것이다.

천칭자리에서 동쪽으로 향하는 황도 십이성좌의 악보를 읽으려 캄캄한 곳에서 고개를 들면, 모난 빛을 발하는 은하의 유성우流星雨와 차갑고 강한 우주늑대의 이빨이 여전히 선명하다.

전갈은 절지동물 중에서 제일 먼저 육상을 정복한 무리라고 여겨진다. 주로 열대와 아열대 지역에 분포하며 사막에도 많이 산다. 야행성이어서 낮에는 돌이나 나무의 밑 또는 구멍 속에 숨어 있다. 그리고…… 전갈류는 모두 육식성이다.

자, 이제 그의 전갈자리에서는 어떤 일이 벌어질 것인가?

2

그는 콘티넨탈 호텔의 옥상 파라솔 간이침대에 누워 마리화나를 피우고 있다. 중국요리와 화려한 콜로니얼풍 외관을 자랑하는 이 최고급 호텔의 야외수영장엔, 수면 위의 시체처럼 둥둥 떠서 태양을 마주 보고 있는 배 나온 중년 백인 여자 말고는 그뿐이다. 그는 저 멀리 아름다운 사이공 항구과 근엄한 호치민 기념관을 무심히 바라본다. 그의 아르마니 선글라스에 비춰진 엷은 구름 떼는 아까부터 계속 제자리를 지키고 있다.

정확히 일 년 전 오늘, 그는 이 지긋지긋한 베트남을 떠날 예정이었다. 그날 이맘때쯤이면 떤선 국제공항을 막 이륙한 싱가포르 에어라인 비즈니스 클래스에 느긋하게 앉아 있어야 했던 것이다. 모친의 사갑死甲, 요컨대 죽은 어머니의 예순한 살 생일에 맞추어 귀국하기 위해서였다. 누군가의 권유라든가 충고가 없었음에도 불구하고, 그는 괜히 그러고 싶었다. 서른다섯 살이나 어린 여잘 데리고 사는 아버지를 향한 야유일 거라는 추측이 아예 불가능하지는 않겠으나, 아무래도 어쩐지, 동정 어린 선의의 확대해석으로밖에는 별 무게가 없다. 그럴 정도의 인생에 대한 예의와 열정이 그에게는 가당치 않은 까닭이다.

그는 스위스에서 출발해 홍콩을 거쳐 베트남에 들어왔으며, 목적이 불분명한 여행을 시작한 지는 꼭 두 달째였다. 그때까지만 해도 그는, 다시는 집에 돌아가지 못할 자신의 운명을 상상조차 할 수 없었다. 그는 가끔 영적으로 민감하고 기괴한 몽상에 조예가 깊었지만, 결국엔 지렁이라든가 민들레보다 약간 똑똑할 뿐인, 인간이라는 어두운 유기체였던 것이다.

3

정확히 일 년 전 어젯밤. 그는 콜걸을 불러놓고 거의 혼자서 조니워커 블루 두 병을 말끔히 비웠다. 다시 되풀이될 서울에서의 생활이 씁쓸하고 끔찍해서였을까. 그는 평소답지 않게 콘돔도 끼지 않고 섹스를 연거푸 세 번이나 치르며 극도의 긴장을 풀었다.

다음 날 모닝콜에 눈을 떴을 때, 그는 뜻대로 움직여주지 않는 육체에 몹시 당황했다. 그는 자기가 호수에 빠져 있다고 생각했는데, 그것은 알이 굵은 식은땀으로 침대 시트가 흠뻑 젖어들어갔기 때문이었다. 처음에는 심한 두통을 핑계 삼아 애써 과음 탓으로 돌리려 했으나, 점점 더 오한이 오르고 열이 심각했다. 그는 콜걸을 깨워 얼음찜질을 하게끔 했다. 몇 시간 후 심한 발한과 함께 해열이 되면서 컨디션이 한결 나아졌다.

그러나 그는, 앞서 언급했듯, 그의 운명이 이미 그렇게 정한 바대로, 집에 돌아가지 못했다. 그것은 숙취에 말려든 기분 나쁜 몸살이 아니라, 말라리아였던 것이다.

잠시 후 그는 발작하게 된다. 혼수상태에서 그는, 날개 달린 선인장과 검은 달과 황소의 머리를 지닌 잿빛 물고기와 어떤 아름다운 여인을 보았다.

4

그는 수정 재떨이 가장자리에 마리화나를 비벼 끄고는, 쥐고 있던 지포 라이터에 새겨진 문구를 띄엄띄엄 읽는다.

When this marine dies he will go to heaven because he has wasted his youth in hell.

이 해병은 죽어서 천국에 임할 것이다. 그가 지옥에서 그의 청춘을 낭비하고 있기 때문이다.

벤타인 시장의 한 선물 가게에서 구입한 그을음투성이의 지포 라이터. 상인은 베트남전쟁 당시의 미 해병이 참호 속에서 쇠못으로 적어 넣은 거라고 떠벌렸지만, 바보가 아니고서야 이미테이션의 의혹을 지울 수는 없다. 1975년 해방 전까지 사이공으로 불렸던 이 호치민 시의 거의 모든 선물 가게에는, 저런 지포 라이터가 그림엽서만큼이나 흔한 까닭이다. 하지만 그는 그 문구가, 불에 덴 것처럼 마음에 와 닿았다.

그는 생각한다. 자기는 지옥에서 청춘을 낭비하고 있기에, 죽어서는 반드시 천국에 갈 거라고 말이다. 그는 가운을 벗고, 호화롭기 그지없는 지옥의 만다라 중앙에 놓인 수영장 안으로 뛰어든다.

5

태양의 열기로 미지근해진 물속을 능숙하게 유영하는 그는, 스스로에 관해 고백하는 것의 어려움을 너무나 잘 알고 있다. 하여 그는 평소 꽤나 과묵한 편이다. 자화상은 아무나 욕심내서는 안 되는 위험천만한 물건이다. 나를 그리다 보면 어느새 내가 아니라, 그렇게 되고 싶거나 증오하는 사람을 그리고 있게 마련인 것이다.

완전한 자화상을 그릴 수 있는 자는 오직 신밖에 없

다. 그러나 신은 자화상을 그릴 필요가 없다. 그가 바라는 그림이란 인간의 찬양과 복종일 뿐이다. 우리는 신의 실패한 자화상이다. 신은 그런 인간을 감상하며 즐거워하면 그만이다, 라고 접영으로 수면을 차고 오르는 그는 되뇐다.

그는 오늘 밤 시계탑에 갈지도 모른다. 구엔후에 거리를 사이공 강의 반대방향으로 거슬러 오르다 보면, 커다란 시계탑 주변에 매춘녀들이 모여 있다. 그녀들은 오토바이를 타고 분수 주위를 돌고 있다가, 마음에 든다는 신호를 보내면 잽싸게 다가와 손님을 태운 뒤 어디론가 사라진다.

그는 베트남에서 뭐든 최고의 가격이 매겨진 것들만을 이용해왔기에, 한 번도 그 문제의 시계탑으로 가서 섹스 파트너를 구해본 적이 없었다. 그러나 오늘은 예외일 수도 있다고 그는 방금, 자신에게 문득, 속삭였다. 진수성찬이 짜증 난 부자라면, 간혹 거친 음식에 이끌리기도 하는 것이다.

부자. 이 탱글탱글한 단어는 그에게 있어 비유나 상징, 혹은 블랙 유머가 절대 아니다. 그는 실지로 어마어마한 부자이다. 더 정확히 말해서, 어마어마한 부자의 외동아들이다.

말라리아를 치유하느라 무산된 귀국이 이토록 늦어진 데에는, 물론 전부는 아니더라도, 마냥 희희낙락하던 어마어마한 부자들에게 우울하고 불리한 시절이 찾아온 탓이 크다. 재벌에 대한 광범위한 구조조정에 의해, 그의 아버지의 악랄한 뿌리는 마구 흔들리는 중이었다. 당연히 그에 대한 불법상속의 문제는 뉴스의 헤드라인을 장식했다.

그는 한국의 소식에 일부러 눈과 귀를 막은 지 오래였다. 그는 그의 뜻에 의해서 어마어마한 부자가 된 것이 아니었으므로, 그의 뜻과는 달리 가난뱅이로 추락한다 하더라도 아무 상관없다고 애써 믿는다. 만약의 경우, 어마어마한 부자일 수 있을 때까지만 살다가 자살해버려도 뭐 어떠냐는 식의 잘 정돈된 건방과 허무를, 그는 가지고 있다.

어쨌거나 아직까지, 분명 그는 굉장한 부자이다. 그래서 저렇게 나비처럼 물살을 가르며 뻔뻔하게 살아가고 있는 것이다.

6

그를 조금 더 이해하기 위해서는, G와 T를 알아야 한다. 오렌지를 연구하려면 오렌지 알맹이만이 아니라, 그것이 매달린 오렌지 나무에도 정통해야 하는 것처럼.

7

G는 한국에 있는 그의 약혼녀이다. 대부분의 재벌들이 그러하듯이, 둘의 혼사는 경제귀족들 간의 철저한 정략에 의해 이루어졌다. 이제 재벌 2세나 3세들은, 판검사나 의사 따위의 쉰내 나는 부류들을 선호하지 않는다. 태어나자마자 엄청난 부자였던 아이들이 자라나, 태어나자마자 엄청난 부자였던 아이들과 결혼하여, 태어나자마자 엄청난 부자인 아이들을 복제해내는 것이다. 이미 자본은 특출한 개인의 역량을 잠식하는 새로운 혈통으로 자리 잡은 지 한참이다.

사정이 그러니, 둘은 어려서부터 서로를 익히 보아

온 터였다. 하지만 결혼을 약속하게 된 것은, 그가 되돌아갈 수 없는 여행 — 물론 아무도 예측 못 했지만 — 을 떠나기 직전의 일이었다. G는 그를 일단 사랑해 보기로 작정했고, 그는 누가 그를 사랑하든지 큰 의미를 두지 않았다.

G는 요즘 들어 그에게 거의 이틀에 한 번꼴로 이메일을 띄운다. G는 그다지 정숙한 편은 아니지만 여러모로 영리한 여자이다. 그는 G라면 설령 부자의 대열에서 이탈하게 되더라도, 이 세상을 충분히 그럴듯하게 살아갈 수 있으리라 평가한다. 그와는 달리, G는 다소간의 철학을 장착하고 있기 때문이다. 부자들에게는 자신이 부자라는 것을 줄기차게 재확인하는 것 외에는 별다른 신념이 필요 없는데, G와 그녀의 집안에는 이상하게도 그 이상의 느끼한 분위기가 자욱했다. 그는 그게 무지 웃겼다. 거지가 다 거지이듯, 부자는 모조리 똑같은 부자인 것이다. 비록 술과 여자와 약물에 찌들어 썩어가는 검은 뇌이긴 해도, 소싯적 아이큐가 145에 이르렀던 그는 익히 알고 있다. G가 그를 사랑하지 않음을 말이다. G가 사랑하고 있는 것은 그가 아니라, 그를 저버리지 않으려고 애쓰는 자신의 기특한 노력과

자존심이었다.

그는 만리타향으로까지 도달하는 G의 재수 없는 고뇌가 피곤하다. 그와 G는 벌써 파혼한 거나 마찬가지였다. 그는 다만 그 선고의 기회를 G에게 열어준 채 기다리고 있을 뿐이다. 아마도 G는 스스로의 인격을 변호하기에 적절한 비극이 벌어지기를 바라고 있을 터였다. 예컨대 이런 거.

1. 대기업 구조조정의 격랑 끝에 그의 아버지가 결국 망한다.

2. G의 집안에서는 즉시 일방적으로 파혼을 통보한다.

3. G는 이에 따르지 않고 약혼자를 기다린다. 어설픈 단식과 가벼운 자해도 감행하면서.

4. 어느 날, 실종에 가까웠던 그의 시체가 메콩 강가에 떠올라 신문 1면을 채운다.

5. 영혼결혼식을 주장하다가 졸도까지 했던 G는, 그 애절한 사연으로 도배된 온갖 여성지들을 뒤로한 채 유학길에 오른다.

그러나 위악의 천재인 그는, 위의 경우보다 훨씬 간단하고 빠른 해결책 — 분명 G를 향한 그의 최고이자 마지막 선물이 되리라 — 을 간파하고 있다. 그가 먼저 파혼의 의사가 담긴 이메일을 날리고 세계의 외딴 구석으로 사라지면 그만인 것이다.

그런데 그는 그러고 싶지 않았다. 왜냐고? ……어쨌거나 G는, 그의 약혼녀이니까.

8

그는 T의 꽉 조여진 항문에서 페니스를 꺼내며 바닥으로 허리를 굽혔다. 그는 자신의 해골을 꽉 채우고 있는, 이 사악한 음악의 실체를 적절히 표현해낼 만한 어떤 단어가 절실했다. 그것은 고통이 아니었다. 그저 고통에 가까운, 뭐랄까, 막연히 서러운 느낌이었다.

화장대 위의 티끌들이, 열려진 창문 너머의 환한 바람결에 금빛으로 떠올라 녹아내리고 있었다. 그는 이왕이면 이글거리는 여름에 죽고 싶었다. 시체가 빨리 썩을 테니까.

이번에는 T가 그의 뒤로 붙어서 펠라티오를 해댔다. 얼마간은 천천히, 아주 천천히. 그러고는 이내 흐름이 빨라졌다. 그는 온몸의 핏줄들이 터져나갈 듯해 비명을 지르고 싶었지만, T에게 무참히 지배받는 인상을 주는 게 싫어 용케 참았다.

그는 3주 전쯤에 T와 해후하였다.

해후邂逅. 문자 그대로, 우연히 마주쳤다는 뜻이다.

그날 그는 함기 거리의 새를 구워 파는 가게 앞에서 어슬렁거리고 있었다. 그에게 마약을 대주고 온갖 심부름을 도맡아하는 비엣 끼에우 사내와 접촉하기 위해서였다.

비엣 끼에우란, 보통 1975년 이후 해외로 빠져나간 베트남인들을 일컫는 명칭이다. 그중에는 150만 명이 넘는 보트피플들이 포함된다. 본토 베트남인들은 비엣 끼에우들을 별로 좋아하지 않는데, 그들이 조국과 동포를 저버렸다고 여기는 까닭이다. 하지만 베트남 정부는 비엣 끼에우의 자금과 기술력을 끌어들여 화교들이 중국에 끼친 것과 같은 효과를 얻어내려는 속셈에, 그들을 공식적으로는 환영하는 입장이다. 구소련이 붕괴하자, 베트남은 성가신 참견자와 든든한

후원자를 동시에 잃게 되었다. 이에 베트남은 엄격한 공산주의 원칙을 제쳐놓고 시장경제의 정책을 과감히 수용했다. 투자 장려를 위한 세금 혜택까지 받고 있는 서양 사업가들은 비엣 끼에우와 동업하여 언어와 문화적 장벽을 극복하려 하고 있다. 그러나 어떤 때에는 이런 협력이 오히려 불리하게 작용하기도 한다. 왜냐하면 일부 관료들이 외국 기업의 오너가 비엣 끼에우인 경우, 사업계획이 지연되거나 심지어는 승인이 거부될 수도 있다고 버젓이 엄포를 놓고 있기 때문이다. 그래서 일부 비엣 끼에우는, 대외적으로 사장이라고 내세울 만한 서양인을 따로 찾아야 하는 곤욕을 치르기도 한다.

아무튼 그는, 키 작은 비엣 끼에우 사내를 깐이 아니라, 그저 스티브라고 부른다. 그는 스티브와 T 모두를 뉴욕에서 처음 알았다. 그 시절에도 그는 스티브와 자주 어울리며 마약과 매춘을 공급받았지만, 스티브와 T는 같은 베트남인임에도 불구하고 아직까지 서로 간에 전혀 안면이 없다. 생각해보면 최소한 인사라도 나눌 만한 기회가 있기는 했는데, 정말 이상하게도 둘은 그라는 한 사람에게만 철저하게 각자로서 존재한다.

……근데 정말 그럴까? 그렇다면 과연 어둠과 박쥐와의 관계는 어떻게 규정해야 할까? 어둠을 날아다니는 박쥐는 어둠을 모르고, 박쥐를 품은 어둠은 박쥐를 모른다고 장담할 수 있는 것일까? 그런가?

언젠가 빌리지 뱅가드 — 1933년에 문을 연 이래로 빌 에번스, 소니 롤린스 등이 거쳐 간 명문 재즈클럽 — 에서, 스티브는 그에게 이렇게 말했더랬다.

"나는 반드시 사이공으로 돌아갈 거다. 우리는 이 시건방진 양키들을 이긴 유일한 민족이야. 베트남 사람들은 베트남에 뼈를 묻어야 해."

그는 베트남인들의 못 말리는 민족주의가 징그러워, 굳이 대꾸하지 않았다.

스티브는 1975년 베트남 탈출 당시 스무 살의 청년이었다. 스티브는 그에게 있어 오로지, 교활하고 얼마든지 악용이 가능한 왜곡된 고용인, 심장에 녹물이 흐르는 수전노일 뿐이다. 그들은 현격한 나이 차이 — 아무리 뉴욕 한복판이라지만 그래도 엄연한 동양인끼리의 — 를, 어처구니없는 방종과 정교한 타락의 교감으로서 극복하여 무정한 파트너가 되었다.

그가 일 년 전 여행 중에 호치민 시를 방문한 것도

여기에 스티브가 있어서였다. 스티브는 마치 악마가 그의 몰락을 위해 파견한 인물 같았다. 그는 스티브를 통해 무엇이든 구할 수 있었고, 그가 원하는 것들은 거의 전부가 쾌락을 동반한 자기파괴의 수단들이었다.

기다리기가 지루해진 그는, 시커멓게 탄 새의 몸통을 물어뜯었다. 그는 약속을 어기고 있는 스티브가 차라리 오지 않았으면 했다. 베트남에서 마약 거래를 하다가 걸리면 외국인일지라도 사형을 각오해야 하기에, 그와 스티브 사이에서 이런 어긋남은 이미 허다한 묵계였다. 약간의 실수란 곧 개죽음을 뜻했던 것이다.

이윽고 오늘은 그냥 돌아가리라 결정하고 길 가운데 섰을 때, 그는 저만치에서 걸어오는 파란색 아오자이 차림의 한 베트남 여자를 보고는 숨이 멈추어버렸다.

그는 잠깐, 진짜로 고막이 아팠는데, 그것은 황홀한 악몽의 톱니바퀴 두 개가 맞물려 돌아가며 내는 굉음 때문이었다. 기껏해야 스티브는 악마의 외판원 정도에 불과했지만, T는 그 악마의 아내였던 것이다.

9

T가 날카롭고 붉은 손톱으로 그의 허벅지를 할퀴는 바람에, 그는 그만 맥없이 사정을 해버리고 말았다. 그는 자기 안에서 자기가 완전히 빠져나가는 것을 느꼈다. T는 껍데기만 남은 그를 카펫 위에 밀어 넘어뜨리고는, 그의 가슴을 왼발로 지그시 밟은 채 내려다보았다. 그는 돼지와 고양이의 소리를 내고 싶었다.

꿀꿀. 꿀꿀. ……끄억, 끄억, 야야옹, 야옹.

T가 미소 지어주었다. 그도 기뻤다.

야옹, 야옹, 야아옹. ……꿀, 꾸굴. 꿀꿀. 꾸울.

너무나 즐거운 T는, 깔깔거렸다.

10

그가 대한민국 악덕 재벌의 아들이라면, T는 베트남 사회주의공화국을 호령하는 고위 장성의 딸이다. 그는 T가 그렇게 빨리 학위를 마치고 고국에 돌아와 있을 줄은 상상할 수 없었을뿐더러, 그녀가 거기 맨해튼의 음침한 아파트에서 약물 과용으로 죽었을 거라고 확신했다. 그런데 다시 만난 T는, 그냥 대충 멀쩡한 정도가 아니라, 도리어 예전보다 훨씬 강하고 아름다워져 있었다.

도대체 저 야윈 몸뚱이는 그 혹독한 변태와 도착, 중독 들을 어떻게 견뎌낸 것일까? 이런 당연한 질문 앞에서 그는, T의 뒤를 봐주고 있는 흉측한 괴물 귀신을 떠올리지 않을 수 없었다.

11

원래가 불교 국가인 베트남은 16세기 프란체스코파 선교사에 의해 퍼지기 시작한 가톨릭이 사회 전반에 뿌리를 내려, 어느 마을에 가더라도 훌륭한 성당이 하나씩은 있다. 그 외에도 이런저런 종교들이 많은데, 거의 모든 가정집과 상점에는 조상들의 신전이 모셔진다. 음식과 향으로 대접받은 영혼들이, 꿈을 통한 경고로 가족들을 보호해준다고 생각하는 것이다.

T의 외가는 1920년 무렵에 형성된 까오다이교를

믿는다. 그것은, 베트남 민족이 외부의 영향을 어떻게 변용하여 흡수하는지를 잘 보여주는 예이다. 까오다이교는 불교, 기독교, 도교를 기묘하게 결합한 신앙인 것이다. 대략 20만 명의 신자들이 있는데, 그들은 부처와 예수, 잔 다르크, 나폴레옹 보나파르트, 심지어는 소설가 빅토르 위고까지 성인으로 여기고 있다.

탁월한 혁명가인 T의 아버지는 이에 불만이 극심했고, 골수 유물론자답게 T의 어머니를 핍박했다. 언젠가 새벽에, T의 어머니는 T의 침실로 은밀히 건너와 이런 고백을 한 적이 있었다.

"너는 네 아버지의 자식이 아니다. 몽중에 그분의 씨를 내려받았단다."

놀랍게도 여기에서 그분이란, 다름 아닌 희대의 대중 사기꾼 나폴레옹을 가리킨다.

T의 어머니는 감옥과 별다를 바 없는 정신병원에 수용되었는데, 유리창을 길게 쪼개어 그것을 말라비틀어진 두 유방 사이에 꽂은 채로 이승을 하직했다. T가 뉴욕으로 입성하기 이태 전의 일이었다.

아무리 나폴레옹의 딸이라지만, 21세기의 물리학 박사이자 대학교수인 T가, 평범한 여느 까오다이교의 신자이거나 제 어머니처럼 완전히 돌아버린 여자일 수는 없다. 그녀는 더 끔찍하고 정교한 대상을 숭배하고 있는 것이다.

12

나폴레옹이 황제로 즉위하자, 악성 루드비히 반 베토벤은 〈영웅 교향곡〉의 악보를 향해 펜을 집어 던지며 다음과 같이 한탄했다고 전해진다.

"우이씨, 역시나 속물이었다!"

우리는 이 대목에서, T의 어머니가 저 신경질로 가득 찬 파마머리 사내보다 매우 순진무구한 여인이었다는 것을 족히 짐작할 수 있다.

13

계속해서 그는 자비를 바라는 돼지와 고양이의 시늉을 내었다. 하찮아지고 구차해질수록, 아득하되 바닥 깊은 희열이 그를 에워쌌다. 아무렴, 이미 순결을 잃은 인간들끼리 뭐가 더 부끄러울 게 있겠는가? 어차피 성스럽고 점잖은 세상을 추구하는 신이었더라면, 애초에 그와 T를 이 나락에 떨어지도록 방치하진 않았을 거라고, 그는 탁자로 걸어가는 T의 엉덩이를 쏘아보며 한껏 비아냥댔다.

T를 만나기 전까지, 그는 비록 탕아였을지언정 마약에까지 손을 대지는 않았다. 그리고 T를 알고부터 그는, T 외에는 누구도, 아무것도 겁내지 않게 되었다.

T의 아파트는 커낼 스트리트와 멀베리 스트리트가 교차하는 지점에 자리했다. 그는, 평소 밖에서는 그렇게 깔끔하게 차리고 다니는 구릿빛 미녀 T의 숙소에, 바퀴벌레와 불개미 들이 사막의 모래알처럼 우글거리는 광경을 납득하기 힘들었다. 더욱이 그 아파트는 결코 오래됐거나 싸구려가 아니었으며, 주변 환경도 그만하면 꽤 깨끗한 편이었다.

부재중인 T를 기다리던 그가, 우연히 마주친 이웃의 금발 노부인에게 아파트 위생에 문제가 있지 않느냐는 의견을 피력했을 때, 그는 그럴 리가 있느냐며 양미간을 찡그리는 그녀 앞에서 당황할 수밖에 없었다.

내친김에 다른 집들을 몇 군데 돌아다녀 보았지만, 역시 반응은 마찬가지였다. 유독 T의 아파트에만 바퀴벌레와 불개미 들이 소란스러운 파티를 벌이고 있었던 것이다.

그는 T가 계단 아래에서 모습을 드러내자마자 달려가 그 사실을 알렸으나, 그녀는 그냥 피식 웃을 뿐이었다. 하지만 그는 곧 바퀴벌레 이상의 것들을 경험함으로써, 웬만한 일에는 질문을 던지지 않는, 핏기 없는 하얀 심장을 지니게 된다.

그가 이 년 뒤 T와 헤어져 한국에 돌아와서도 내내 잊지 못해 괴로웠던 것은, T라든가, T와의 추억들 따위가 아니었다. 그것은, 길 건너에는 차이나타운이 가부좌를 틀고 있는, 지옥의 발코니 같던 맨해튼의 아파트, 바로 그 공간이었다.

검은 커튼으로 창이란 창은 온통 가려져 있어 낮에도 한 치 앞을 가늠할 수 없었던 그곳. 그것은 단순한 혼돈이라든가 퇴폐와 문란이 아니라, 영악하게 구축된 어둠의 참혹한 야전막사였다. 벌써 악령의 사과를 깊게 베어 문 그에게는 별다른 선택이 주어지지 않았다. 추한 누드로 죄를 확인받고는 에덴을 쫓겨 나와야 했던 것이다. 그러나 그의 주변엔 대충이라도 음부를 가릴 만한 나뭇잎 한 장이 없었다.

귀가 후 T는 늘 스무 개가량의 굵은 양초들을 밝혔다. 보통의 집이라면 마땅히 TV가 놓일 만한 장소에는, 베트남에서 가져왔다는 푸른 향로가 송곳니만 남은 못된 짐승처럼 웅크리고 있었다. 그것이 T가 모시고 있는 괴물 귀신의 제단이었으며, 그 근방에는 항상 숨이 탁 막힐 듯한 희한한 냄새와 기운이 맴돌았다.

그럼, TV는 어디에? 아아…… 비디오 기기와 연결된 그것은, 욕실 천장에 매달려 있었다. T는 욕조에 따뜻한 물을 받아놓고는, 거기에 누워 핏덩어리 같은 딸기 아이스크림을 퍼 먹곤 하였다. 떼씹을 해대는 하드코어 포르노와 스너프 무비에 열중하면서 말이다.

혹시나 선한 어부 몇이 여태 남아 있어, 이렇게 물어올지 모른다.

"하드코어 포르노까진 알겠는데, 스너프 무비란 대체 뭐죠?"

그럼 누군가 돌을 빵처럼 뜯어 먹으며 대답하겠지.

"마음이 가난한 자여. 그건 실제로 자행되는 폭력이라든가 강간, 살인 등을 찍은 불법 필름이니라."

14

그날 밤 그들은, 양수리에 소재한 그의 별장 벽난로 속의 현란한 불꽃을 배경으로, 하모니가 이루어지지 않는 육체를 어쩌지 못해 힘겨워하고 있었다.

사뭇 헌신적인 G의 노력에도, 그의 페니스는 코스모스처럼 흐느적거렸다. 유학이 아닌 유학을 포기하고 다시금 서울에서 지내기 시작한 그가, 여러 차례의 억지 도리질 끝에, 드디어 자신의 발기불능을 인정해야만 하는 뼈아픈 순간이었다.

그들은 그때까지 가까운 미래에 서로의 약혼자가 되리라는 것을 전혀 눈치채지 못하였지만, 그렇다고 둘이 알몸으로 뒤엉켜 있는 장면이 놀랍거나 특별하게 받아들여질 필요는 없었다.

왜냐하면 이미 그는 G 외에도 허다한 여자들과 놀아나고 있었으며, 한술 더 떠 G는, 남자란 소유해야 할 가치 있는 사랑이 아니라 그저 흥미로운 게임에 불과하다는 견고한 소신을 가지고 있었기 때문이다. 그들은 도덕이라는 단어를 무시하는 것에서 야릇한 자부심을 누렸다.

15

그는 축 늘어진 페니스를 한 손으로 움켜쥐며, G에게 자신의 무능력을 고통스럽게 사과했다.

그는 귀국 후에 벌써 여섯 명의 여자들과 섹스를 치러낸 바 있었다. 한데 이상하게도 그 여자들의 부드러운 살덩이를 탐하는 동안, 그는 언뜻언뜻 차갑고 축축한 그림자를 끌어안고 있다는 착각에 빠져들곤 했다.

문제는 그 더러운 기분이, 서울에 돌아와 성관계를 가진 여자들의 숫자가 하나에서 여섯으로 근접해갈수록 점점 강해지고 짙어진다는 데에 있었다. 그림자는 문득 물컹한 젤 덩어리로 변했고, 그는 갑자기 비명을 질러 여자들을 당황하게 하기도 했다.

이윽고 여섯 번째 여자에 이른 어느 날, 그가 가냘픈 사정 끝에 한숨을 내쉬며 내려다보고 있던 대상은, 록 바에서 그를 따라온 낯선 여자가 아니라 T였다. 그녀의 배꼽에 얼굴을 파묻은 그는, 살을 에는 추위를 느꼈다.

그는 억지로 여자를 떠나보내고는, 곧장 T의 맨해튼 아파트로 전화를 걸었다. 그러나 지구 반대편에서 영어로 들려오는 안내방송은, 그런 전화번호가 이 세계에는 없다고 그에게 일러주었다.

16

미안하다는 말이 무척 한심스러웠지만, G는 괜찮다며 일부러 그를 토닥였다. G는 그를 등지고 누워, 활활 타오르는 벽난로의 불꽃을 오래도록 응시했다.

G는 평소 그의 와해된 모습 그대로를 인정했다. 희망이라든가 책임감 따위는, 반드시 그것이 있어야만 위로받고 살아갈 수 있는 딱한 부류들의 전유물이라고 생각했던 까닭이다. 역시나, G도 그와 똑같은 부자였기에 가능한 태도였다.

어려서부터 G에게 그는, 절실하지는 않되 없으면 어쩐지 아쉬운 존재였다. 그에게는, 비슷한 재벌 가문의 사내아이들에게서는 맡을 수 없는 어두운 향취가 있었다.

G는 성인이 되어 그와 함께 가끔씩 섹스를 나누면서, 그의 선병질적인 고독이 자기를 무척 자극함을 깨

달았다. G는 그가 조금도 존경스럽지는 않았지만, 굉장히 맛있었던 것이다.

그런데, 아니나 다를까 주변의 한결같은 예상대로 유학에 실패하고 돌아온 그는, 뭔가 굉장히 달라져 있었다. 왕성하기 그지없던 쾌락으로의 집중력을 상실했을뿐더러, 자주 얼이 나간 사람으로 여겨졌다.

그는 더 이상 G를 흥분시키지 못했다. 선병질적인 고독의 어두운 향취라고 막연히 규정했던 저 달콤한 무엇은, 진짜로 선병질적인 고독의 향취로 전락해 있었던 것이다.

17

G가 그런 상념에 잠겨 있을 때, 갑자기 요상한 신음이 침침한 별장 안을 가득 메웠다. 그것은 한 번도 들어본 적 없는, 강철 덫에 걸린 야생동물의 앓는 소리였다. G는 천천히 상체를 일으켜 고개를 돌렸다.

그가 공포에 질려 부르르 떨고 있었다. G는 당황한 나머지, 그를 꼭 끌어안았다. 대체 뭐가 그를 그토록 괴롭히는지, 무작정 마음이 답답했다.

그는 흐느끼고 있었다. 인간의 파동이 이렇게 슬플 줄이야. 순간, G는 혹시라도 그를 약간 사랑하게 될 수도 있을 것만 같아 덜컥, 겁이 났다. T의 얼굴이 춤추는 불꽃 속에서 그를 노려보고 있다는 걸 모르는 채 말이다. T의 두 눈은 흰자위만이 가득했다.

그와 G는, 그때로부터 두 달이 지나고 나서 약혼하게 된다.

18

그가 마약에 익숙해질 즈음, T는 자기가 모시고 있는 그 괴물 귀신의 정체에 관해 서서히 입을 열기 시작했다.

카Ka.

그것이 푸른 향로와 스무 개의 굵은 촛불들 사이를 맴도는 악령의 이름이었다.

— 그게 무슨 뜻이지?

— 카는 그냥 카야. 태양이 그냥 태양인 것처럼.

그들은 약물의 종류를 가리지 않았다. T는 생아편과 헤로인이 많았고, 그는 그 무렵 우연히 알게 된 스티브를 통해 주로 LSD와 마리화나 등을 구해왔다.

T는 늘 그에 비해 두 배에 가까운 양을 사용했건만, 그와는 달리 이렇다 할 외모의 무너짐이라든가 뒤끝이 없었다. 세상에 미스터리가 있다면 저런 걸 두고 이르는 말이리라 경악하며, 그는 바늘 자국으로 시퍼렇게 멍들어가는 자신의 피폐한 몸뚱이 구석구석에 더욱 환멸했다. 약에 한껏 취하면 T는, 푸른 향로 위로 검은 달이 뜨는데 그 주변을 황소의 머리를 지닌 잿빛 물고기가 헤엄친다고 설명했다. 또 그때가 바로 카가 임재하는 시간이라고……. 그러나 그의 희뿌연 시야에는 실오라기 하나 잡히지 않았다.

T는 자기와 그의 팔뚝을 예리한 면도칼로 긋고는, 각각의 아가미 같은 상처에서 흐르는 피를 작은 주석잔에 받아냈다.

— 이걸 마셔야 해. 너와 나의 생명이 담긴 이 잔을 비워야 해.

한국에서는 생선회도 잘 먹지 못하던 그였다. 비위가 상한 그는, 기겁을 하며 침대에 드러누워버렸다. 그는 당시까지만 해도 T를 그저 어지간한 사이코쯤으로 여기고 있었던 것이다.

그는 정수리 부근에서 쇠붙이가 감겨 올라가는 소리를 듣고는, 슬며시 감았던 눈을 떴다. T가 들이댄 권총의 매끈한 손잡이 부분이 보였다.

— 카를 따라 성스러워지고 싶지 않다면, 차라리 내 손으로 죽여주는 게 나을 거야. 호호호.

절대 장난이 아님을 간파한 그의 온몸에, 홍역처럼 소름이 돋았다. 죽기보다는 좀 부담이 되더라도 성스럽게 살고 싶었던 그는, 어쩔 수 없이 차가운 주석 잔에 입술을 갖다 대었다.

방금 혈관에서 빠져나온 그와 T의 피가, 엉겨 붙은 두 마리 뱀마냥 뒤섞여 식도를 타고 그의 아득한 영혼을 향해 스며들어 갔다.

10분 뒤 그는 푸른 향로 위에 뜬 검은 달과 그 주변을 헤엄치는 황소의 머리를 지닌 잿빛 물고기 대신, 어지러운 구토 마지막에 물 내려가는 좌변기 속에서, 날개 달린 선인장과 어떤 아름다운 여인을 목도한다.

19

황혼이 너무 붉어 끔찍하게 물든 저녁, T는 푸른 향로에 양귀비 씨앗을 심었다. T는 카를 신랑이라 칭했다. 미친 제 에미가 나폴레옹 보나파르트와 동침하여 T를 낳았다고 주장했듯이.

카에 대한 예배의 절차는, 벌거벗은 둘이 약물을 한 상태에서 섹스를 마치고 큰절을 올려야 비로소 끝이 났다.

마약에 빨려든 그는, 침과 눈물과 땀을 질질 흘리며 온갖 어처구니없는 환상들을 경험했다. 비뚤어진 물체들 사이에 쓰러져 운동력을 상실했으며, 웃는 T의 얼굴은 만화 주인공처럼 과장되었고, 극도로 높아진 채색감을 따라 초자연적인 심경으로 젖어 들었다. 그는 뇌세포에 흐르는 혈액이나 림프액의 소리마저도 들을 수 있었다. 마음은 비관에서 낙관으로 급전하고, 귀청을 뚫는 광란의 음악과 호색적인 시어들이 명멸했다. 그리고 종국엔 상승한 것만큼 추락하여 존재 자체가 박살났다. 그는 미세한 조각들로 바닥에 흩어져 반짝이는 자아를, 허공에 둥둥 뜬 채로 처연히 내려다보았다.

그는 T의 곁에서, 우우거리며 덮여오는 카의 노래에 괴로워했다. 카는 T의 영혼과 육체를 송두리째 지배하고 있었고, T는 그를 지옥의 쾌락과 납이 박힌 가죽 채찍으로 다스렸다.

형태가 없는 카는 T와의 사랑에 그의 몸뚱이를 이용하고 있었기에, 그는 황홀경의 자극을 받으면 받을수록 더욱더 고독해졌다. 그랬다. 그는 카의 성기에 불과했던 것이다.

20

그는 폭발해버릴 것 같은 머리를 흔들며 호텔 방의 창문을 활짝 열어젖힌다. 로터리에서 방사형으로 뻗은 도로는 아름다운 가로수들이 즐비하고 매일 여기저기에서 높은 빌딩들이 세워지고 있다. 아시아의 유구한 전통과 서양의 새로운 물결이 혼재하는, 엄청난 경제 성장률과 자유분방한 기업가 정신을 지닌 이 국제적인 도시는, 민족 영웅 호치민의 묘가 있는 북부의 하노이와 곧잘 대비되곤 한다. 최근 한 공산당 고위층은 호치민 시를, 사회주의적 통치를 전복하려는 적국들의 소굴이라고까지 표현했다.

뜨거운 열대의 바람이 불어와 그의 긴 앞머리를 쓸어 넘긴다.

불현듯 그는, 여기서 도망쳐야겠다는, 아버지의 집으로 돌아가, 잘못된 일들을 애초에 있지 않았던 것처럼 수정하고 싶다는, 만일 지금 그러지 않는다면 영영 불가능할지도 모른다는 위기감에 사로잡힌다. 그의 저 허망하고 정당방위적인 통찰은 낯선 것이 아니다. 그 옛날 뉴욕에서도 그는 탈출을 감행했으며, 또 요행히 성공하였지만, 그때 인생에서 발휘할 수 있는 용기의 전량을 깡그리 소모해버렸다는 사실을 누구보다 제 자신이 잘 알고 있다.

함기 거리에서 T와 해후하였을 적에, 그는 두 번 다시 그녀로부터 빠져나갈 수 없으리라는 절망 앞에서 차라리 편안해지는 심정이었다. 절호의 기회는 무산되었고, 남은 것은 그의 정신에 아리게 물린 코뚜레와, T가 단단히 움켜쥐고 있는 잔혹한 고삐뿐이었다.

그는 흰 침대 시트 위에 엎드려 자고 있는, T의 매끈한 허리선을 몽롱해져 바라본다.

대체…… 거기가 어디였지? 엠파이어스테이트 빌딩의 102층 전망대? ……월 스트리트의 이탈리아 식당? ……크라이슬러 빌딩의 1층 로비? 아냐. ……센트럴 파크의 호수? 동물원? ……뉴욕 공립도서관의 복도? ……스윙재즈가 흘러나오던 서퍼 클럽? ……칸딘스키와 샤갈이 걸려 있는 구겐하임 미술관이라든가…… 라디오 시티 뮤직홀? ……앤디 워홀과 재스퍼 존스를 구경하던 휘트니 미술관이었나? ……할렘이었던가? 이스트 빌리지 주변? 으. 아니야. 거기도 아니었어.

그는 최초로 T를 만나게 되었던 당시의 장소와 정황을 떠올리려 하지만 도무지 기억나지 않는다. 환장할 노릇이다. 여타의 부분들이 너무나 또렷했기에, 단순히 마약 복용 탓에 과거가 지워졌다고 체념하기에는 무리가 따른다.

T는 뉴욕에서의 나날들을 전혀 언급하지 않았다. 그가 한국으로 줄행랑치며 저질렀던 일련의 사건들 역시 불문에 부치고 있었다. 혹…… 카와 결별한 것일까? T는 아직도 그 푸른 향로를 가지고 있을까?

호치민 시에서 둘은, 오직 그의 호텔에서만 마약과 섹스를 나누고 있는 터였다. 모든 작태가 맨해튼의 아파트에서와 유사했지만, 거기에는 카에 대한 경배가 빠져 있었다. 그는 그게 오히려 불안했다.

카. ……대체 어디로 사라진 것인가?

그는 T의 핸드백을 뒤져 권총을 찾아낸다. T는 언제나 세 발의 황금빛 탄환을 장전해둔다. 그는 T를 향해 총구를 겨누어본다. 조금 뒤에는 자기의 입안으로 그것을 밀어 넣기도 한다. 쇠로 만든 우상偶像의 페니스를 빨고 있는 듯한 기분이 든다.

그가 삶을 좁쌀만큼이라도 존중할 여력이 있다면, 당장 두 번째의 도주를 감행할 것이다. 하지만 그는 그냥 맥없이 T의 옆에 아기처럼 누워버린다.

분명히 말하건대, 그는 방금 세 방의 총성을 모조리 T의 머리라든가 푸시에 갈겼어야만 했다. 그러지 못했기에, 그는 얼마 후 호치민 시의 외곽에서 무감각하게 죽고 마는 것이다.

21

뭉게구름이 피어오르는 둥근 창문 곁에 앉은 내내,

그의 안색은 창백하다 못해 지워진 것 같았고, 손금에 흥건히 밴 땀을 닦느라 청바지의 무릎 부분이 검게 변해 있었다.

그는, 입국장을 걸어 나와 서울의 시리게 높은 가을하늘을 올려다보기까지, T와 카로부터 무사히 도망쳤다는 벅찬 현실을 받아들이기 어려웠다. 무언가가 자꾸 뒷덜미를 잡아 끌어당기는 것 같았으며, 수평선에서 거대한 갈고리가 솟아올라, 비행기의 행로를 뉴욕 방향으로 되돌려놓을 듯했던 것이다.

어쨌거나 그날, 그가 탄 비행기는 김포공항 국제선 청사에 안착했다.

서울이었다.

서울.

고귀한 계시와 사명도 없이 그를 재벌의 독생자로 태어나게 했으며, 이윽고는 먼 나라로 떠나보내, T와 스티브와 카를 만나게 했던, 그 무책임한 서울이었다.

이제 그는, G 말고도 여섯 명의 여자들과 치욕의 잠자리를 함께하고, 양수리 별장 벽난로의 불꽃에서 T의 흰자위로만 채워진 두 눈을 보며, 맨해튼에 있는 그녀의 아파트로 전화를 걸고, 그 와중에 G와 약혼하게 될 거였다.

그리고, 그는 마약을 끊었다. 아니다. 그것은 끊었다기보다는 자연히 소멸했다고 표현해야 적확했다. 스스로도 믿기지 않았다. 마약으로의 욕구는, 아침이 오자 밤이 없는 것처럼 자취를 감추었던 것이다. 적어도 그 상태는, 또다시 그가 이방의 풍광을 전전하던 끝에 베트남으로 흘러들어 가기까지 지속된다.

하여 언감생심 그는, T에게서 비롯된 모든 불행으로부터 탈출했다고 믿었겠지만, 그건 사악한 목자가 낮잠 자는 사이 잠시 들판에 풀린 새끼 양의 꼴에 불과했다. 딱한 그는 그것을 모르고 있었다. 이런저런 기이한 일들 — 이를테면, 급작스러운 발기불능과 벽난로의 불꽃 안에서 T를 발견한 것 등등 — 을, 금단현상에서 비롯된 환상으로만 치부했던 것이다.

그의 주치의는 의심스러운 눈초리로 고개를 갸우뚱거렸다.

"이상한 일이에요."

"뭐가 말입니까?"

"C형 간염이네요."

"……."

"C형 간염은 혈액으로만 감염된단 말입니다."

싸늘한 주석 잔과 시큼한 주삿바늘의 감촉을 상기할 수밖에 없었던 그는, 병원에 간 것을 두고두고 후회하였다.

22

간단히 짐을 꾸린 그는 존 F. 케네디 국제공항으로 향하는 길에, T의 맨해튼 아파트 9층 계단을 다람쥐처럼 뛰어 올라갔다. 물론 T가 늘 부재중이던 시간이었다.

그는 검은 커튼들을 전부 뜯어버리고는, 자그마치 아홉 통의 강력 살충제를 햇살 든 집 안 구석구석에 마구 뿌려댔다. 바퀴벌레와 불개미 들이 사방에서 기어 나와, 해묵은 과자마냥 말라비틀어져 나뒹굴었다.

이어서 그는, 붉고 화려한 양귀비꽃이 피어난 푸른 향로에 오줌을 누었다. 그의 페니스에서는 아주 노랗고 지린 분노가 쏟아져 나왔다. 악마의 꽃은 줄기가 꺾이고, 치욕에 멍들어 이내 시들어버렸다.

홀연 그는, 어디선가에서, 생뻐를 가는 듯한 비명을

들었다. 바닥을 부유하던 카는 끓어오르다가, 종국엔 캑캑거리고 있었다. 그는 손뼉 치며, 가사를 알지 못하는 찬송가라도 부르고 싶은 심정이었다.

어째서 그가 그런 짓들을 해야만 했느냐고?

유부녀를 사랑한 그는, 그녀의 남편인 카에게 심한 질투를 느끼고 있었던 것이다.

23

베트남에서 지내고 나서부터 그의 발기불능은, 그가 되돌아간 한국에서의 마약의 경우와 마찬가지로, 아무렇지도 않게 저절로 치료되었다. 오히려 성욕은 세 배 이상이나 급증하였으며, 그 능력 또한 마찬가지였다. 아직도 전쟁의 화약 냄새가 채 가시지 않은 저 무더운 녹색의 땅은, 그를 식탐과 번식에만 신경 쓰는 한 마리 야수로 만들어주었다. 그는 온몸에 날카로운 철가시가 돋고 점점 부풀어 올라, UFO처럼 공중으로 스르륵 떠오를 것만 같았다.

얻었으니 잃어야 했던 것일까? 대신 그는, 다시금

마약에 손을 대기 시작했다.

그는 돌고 도는 알 수 없는 일들 앞에서, 더 이상은 어지러워하지 않았다. 아무것도 알고 싶지 않았기 때문이다.

24

그는 T의 모든 발톱과 손톱마다 분홍빛 매니큐어를 손수 칠해주었다. T는 한껏 기지개를 켰다. 그리고 그를 향해, 오래 기다려왔던 선물을 받은 소녀처럼 환하게 웃었다. 끔찍한 얘기지만, 종종 T가 그럴 때면, 그는 그녀에게서 성녀를 느꼈다.

성직자들의 대갈통 속엔 도대체 어떤 벌통이 윙윙거리고 있을까? 어쩌면 그들은, 그대로 살아간다면 악마가 될 것만 같은 불안에서 놓여나고자 성직자가 됐는지도 몰랐다. 악마보다 훨씬 독하고 냉정한 존재들이 성직자가 되고, 계속 미쳐 날뛰어서는 신이 된다. 그렇다면 굳이 T라고 성녀가 되지 못하리란 법도 없지 않은가? ……다정한 망중한을 T와 함께 즐기며, 그는 이따위의 기도 안 차는 생각을 하고 있었다.

아름다운 T가 그를 물끄러미 쳐다보았다. 그는 T에게 키스를 하려고 얼굴을 내밀었다. 하지만 T가 갑자기 고개를 숙였고, 동시에 그는 외마디 괴성을 내지르고 말았다. T가 그의 가슴팍의 정중앙을 강하게 빨다가는, 이로 물어뜯은 것이다.

그는 뜨끔 눈물이 났지만, T의 표정이 너무도 천진난만했기에 차마 뭐라 나무랄 수가 없었다. 그는 제 양쪽 젖꼭지 사이에 내려앉은 피멍을 어루만졌다. 내심 그는 화가 나기는커녕 도리어 기뻤다. 그는 T가 제 귀 두 개를 차례차례 씹어 먹어도 참을 수 있을 것만 같았다. 그의 어리석은 사랑은 정말이지, 그 정도로 핍진했다.

호텔 방이 온통 아수라장이었다. 여기저기로 흩어진 겉옷과 속옷 들, 바늘 끝에 이슬이 맺힌 주사기들, 갈색 술이 반쯤 남겨진 위스키병, 쾨쾨한 마리화나 꽁초들, 인간의 상상력을 비웃는 가지가지 성애기구들…….

그가 침대에 드러눕자 T는, 카펫 바닥에 널브러져 있는 잡다한 소지품들을 백 안에 주섬주섬 챙겨 넣었다. 또 말보로를 한 대 피워 물며 브래지어의 고리를 채운 뒤 허물 벗었던 원피스를 입는데, 팬티는 집어 들자마자 쓰레기통에 던져버린다. 아까 그가 그 위에 구토를 해댔던 까닭이다.

그가 고해성사하듯이 말했다.

— 오늘 밤엔 시계탑에 가볼까 해.

— 시계탑? ……시계탑?

— 그래, 시계탑. 무지 커다란 시계탑. 여자들이 서성거리는.

— 아아. ……에이, 설마.

— 맞아. 그래서 그래……창녀가 필요해.

— 이리 데려올 거야?

— 아마도. 그게 안전하고, 그러지 않을 이유가 없잖아? 안 그래?

— 창녀라. ……검은 해들. 지저분하니 잘 씻겨야 할 거야.

— 검은 해?

— 어느 똑똑한 프랑스인이 그렇게 표현했어, 창녀들을, 검은 해라고.

— …….

— 부디 재미 보길 바라. 이곳에 반드시 끌고 오라

구. 그 여자를 나라고 생각하며 유린해줘. 모욕과 고통을 주란 말이야.

— …….

— 그럴 수 있겠어?

— 왜 그래야 하지?

— 네가 그러길 원하고 있잖아. 넌 나를 증오하니까. 아니라고 말하려는 거야? 에이, 제발 그러라구…… 검은 해랑. 깔깔, 죽이진 말고.

손짓으로 인사하는 T의 뒷모습이 호텔 방을 빠져나갔다.

오늘 오후 늦게 대학교에서 T의 전공강의가 있다는 사실을 그는 상기하였다. 현대 베트남 여성 중 최고의 엘리트요, 출신 성분상 성골에 속하는 T.

그는 이 나라에서 최고로 유능한 소설가조차 저런 T의 겉모습을 통해 그녀의 엽기적이고 흉포한 본색을 유추해내기는 힘들 거라고 믿어 의심치 않았다. 그건 비단 베트남의 작가들뿐만이 아니라, 만국의 인민 전체를 통틀어 따져본다 한들 다를 바 없을 터였다.

그런데 어느 틈엔가, 그는 스티브에게 T에 대하여 무심히 발설하고 있었다. 뉴욕에서라면 창피해서라도 있을 수 없을 일이었겠지만, 베트남의 묘한 분위기는 그의 콧등에 묻은 몇 방울의 부끄러움마저 증발시켜버렸던 것이다.

하여 졸지에 스티브는, 상상력이 풍부한 소설가가 아님에도 불구하고, T의 실루엣을 어렴풋하게나마 눈치채고 있는 이 지구상의 두 사람 가운데 하나가 되고 말았다. 오오, 불쌍한 스티브. 그게 얼마나 잔혹한 형벌인지 미리 알았더라면, 차라리 자결이라도 했을 텐데…….

그는 씹고 있던 껌을 뱉고는, 버릇대로 지포 라이터에 새겨진 문구를 골똘히 바라보았다.

'이 해병은 죽어서 천국에 임할 것이다. 그가 지옥에서 그의 청춘을 낭비하고 있기 때문이다.'

참으로 엉터리, 개 같은 수사학이었다. 지옥에서 청춘을 탕진했다 하여 감히 천국에 입장할 수 있다고 뻥을 치다니! 설사 그럴 수 있다손 치더라도, 일찍이 지옥에서 생을 물 말아먹은 건달들이 옹기종기 모여 있는 데라면, 거기가 바로 천국은커녕 무간지옥이리라. 게다가 그는, 그토록 터무니없이 비싼 값을 지불해야만 하는 천국 나부랭이는 원치 않았다.

세계에 진정한 파국이 있을까?

그는 그것이 자못 궁금했다.

그는 자신을, 아직 마땅한 명칭이 지어지지 않은 악성 질병으로 규정했다. 백해무익한 담배를, 안 마시면 그만인 커피를 끊고 싶다 해서 누구나 그럴 수는 없듯이, 절망과 비관으로 중독된 삶 역시 더더욱 그러하였다.

파국.

그가 갈망하는 파국이란, 고작 지구의 멸망쯤을 뜻하는 게 아니었다.

수억 은하의 모든 별, 천국과 지옥을 포함하는, 죽음의 문을 지나온 일체 범주의 극한 소멸. 완전히 아무것도 존재하지 않음. 끝이라는 단어조차도 지워진 끝. 혼돈이라는 개념이, 혼돈 이후가 아니라 혼돈 이전으로 숨어버린 무한 공허.

그는 그것을 매일매일 기도하고 있었다.

이는 인간에게는 전대미문의 축복으로서, 해탈이라든가 영생 구원으로의 희망이 박살 난 상태. 당연히 윤회의 고리도 절단 나고, 부처라든가 구세주의 이름도, 혁명가의 선동과 선지자의 예언도 부질없는 시점. 신과 천사와 악마와 나무. 벌레. 물고기. 사람을 비롯한

온갖 짐승, 특히 여인에게 멸시받던 뱀들의 섭섭함도 더불어 사라질 거였다.

그는 그런 파국이 필요했다.

특별한 이유? 물론 너무도 명백한 이유가 있긴 있었지.

그는 저 혼자 파괴되기엔 담이 약하고 쓸쓸한 데다가, 어디에든 — 그곳이 비록 황금빛투성이의 극락일지라도 — 갇히거나 되풀이해 태어나기가 싫었던 것이다.

망상…… 급격한 졸음이 밀려왔다. 아프리카에는 수면병이라는 게 있어서 잠만 자다가 죽는다던데, 그는 지금 자신이 딱 그랬으면 싶었다.

얕은 무의식으로 접어들다 그는 이렇게 웅얼거렸다.

그렇지만, 시계탑에 가야 해…… 시계탑…… 아주 커다란…… 시계탑, 검은 해들을 만나야…….

손바닥만 한 T의 권총이, 침대 밑에 굴러떨어져 있었다.

25

그는 한결 마음이 편안하였다. 깨어나니 벌써 짙은 어둠이 발목께까지 깔려 있었던 것이다. 호치민 시에서 자기를 알아볼 사람이 있을 리 만무하건만, 그는 언제부터인가 태양 아래 버젓이 나서기가 두려웠다.

그는 호텔의 레스토랑에서 짜조 — 저민 고기, 목이버섯, 당면 따위를 라이스페이퍼에 싸서 기름에 튀긴 — 와 까인쭈어 — 민물고기, 토마토, 토란줄기, 콩 등이 들어간 신맛이 나는 수프 — 로 간단하게 저녁식사를 마쳤다. 그는 평소 베트남요리를 좋아하는 편이었다. 베트남요리는 오랫동안 중국의 지배를 받았던 탓에 중국요리와 비슷한 게 많지만 기름기가 적다는 점에서 다르고, 또 지리적으로 가까운 태국요리와는 똑같이 향채香菜를 주로 사용한다는 면이 흡사하되 그것보다는 맵지 않아 차이가 났다. 그런 베트남요리의 성격은 그의 입맛에 잘 들어맞았으며, 특히 그는 생선으로 만든 베트남의 전통 소스인 느억맘의 향을 즐겼다. 그것은 향기로움과 역겨움의 경계를 오가며 그를 매혹하곤 하였다.

후식으로 껍질 벗긴 파인애플을 여느 베트남 사람들처럼 소금에 찍어 먹은 그는, 후덥지근한 밤거리로 나왔다.

택시와 버스라봤자, 한국에서 폐차 직전의 프라이드라든가 봉고가 그대로 수입된 것들이 대부분이었다. 일전에는 수영장에 가려고 셔틀버스를 탔는데, 차창 앞에 '코끼리 속셈학원'이라는 스티커가 여전히 붙어 있어, 그를 실소케 하기도 했다.

동커이 거리는 마스크나 손수건으로 입을 가린 사람들이 모는 오토바이들로 혼잡했다. 베트남은 사회주의국가여서 공무원의 수가 압도적으로 많다. 아침 8시 반부터 업무가 시작되기 때문에 그 시간을 전후로 해서 인파는 절정을 이룬다. 11시 반까지의 오전 일과가 끝나면 점심을 먹고 약간의 낮잠을 잔다. 이들은 더운 나라의 국민이 흔히 게으르다는 식의 편견을 깨고 굉장히 부지런하다. 그리고 중국과 프랑스, 일본과 미국까지 물리쳐서 그런지는 몰라도, 조국을 매우 자랑스럽게 여긴다.

하긴, 숲속에다가 250킬로미터에 달하는 지하 터널인 쿠치를 여러 개 파고 사이공에서의 해방전선을 유지했던 독한 민족이다. 미군과 남베트남의 정부군은 수류탄을 비롯, 각종 독가스와 물을 쿠치에다가 뿌려대며 공격했지만 별 효과를 거두지 못했다. 제2차 인도차이나 전쟁, 즉 베트남전쟁은 동원병력·사상자수·항공기 손실·전쟁 비용이 제1차 세계대전을 웃돌았고, 사용 탄약량·투하 폭탄량에서는 제2차 세계대전의 규모를 훨씬 초과했다. 그 불바다와 대살육을 이겨내고 적들을 완전히 쫓아낸 자들이, 지금 그를 스쳐지나가는 저 얼굴이 까만 말라깽이들이었던 것이다. 뇌수가 줄줄 흘러나오는 고통의 역사를 정면으로 돌파해서였을까. 그의 눈에 비친 베트남인들은 선량하고 온순하지만은 않았다. 억세고 호전적인 느낌이 많이 묻어 있는 게 사실이었다.

왜 베트남인들은 아주 사소하고 뻔한 잘못을 인정하기 싫어하느냐 — 그는 실제로 그런 일들을 택시 안이라든가 관공서, 상점 등에서 몇 차례씩 겪었다. — 고 그가 물었더니 스티브 왈,

"자아비판의 폐해가 아직 남아 있어서 그래. 달리 공산당인가. 실수를 인정하면 큰일이었거든. ……너 같이 돈 많아 보이는 외국인은 봉이지, 뭐. ……이해할

수 없는 걸 당연하게 여기라구. 여기는 뉴욕도 서울도 아닌 베트남의 사이공, 아니 호치민 시야. 이제껏 크리스마스에 눈이 내린 적이 없는 곳이라구. 하하."

그는 발걸음을 멈췄다.

땀에 흥건히 젖은 라운드 티가 맨살에 착 달라붙었다. 길 건너에 시계탑이 보였다. 정말 들은 바대로 고만고만한 여자들이 오토바이를 타고 분수대 주위를 돌거나 서성거리고 있었다.

그는 야릇한 감상에 물들었다. 그리고 불현듯, 한꺼번에, 성욕을 상실했다.

내면을 추스르기가 힘에 부쳤다. 왠지 저곳에서 검은 해를 사가지고 호텔 방으로 돌아간다면, 그는 자기의 앙상한 본질과 마주하게 될 것만 같았다. 그가 가식 없는 제 모습을 성찰할 수 있다는 것만큼 웃기는 비극이 어디 있겠는가. 도취하지 못하는 쾌락은 분열로 이어질 것이 뻔했다.

시계탑을 외면하기로 작정한 그는, 위험하다는 것을 알면서도, 도로변에 서 있는 밤의 시클로에 올라탔다.

26

호텔에 되돌아온 그는 이메일을 살폈다. 새로 도착한 여섯 통의 이메일은 전부 G로부터 도착한 것이었다. 당연했다. 그의 이메일 주소를 알고 있는 자는 오직 그녀밖에 없었으니까.

그는 9개월째 G에게 답장을 보내지 않고 있었고, 서울의 가족들과 일체의 연락을 끊은 지는 너무 한참 되어 따지기조차 어려웠다. 그가 신신당부하지 않았음에도 불구하고, G는 그의 가족들에게 그와 이메일을 나누고 있다는 사실은 물론이요, 그의 이메일 주소 자체마저도 철저히 함구하고 있었다. 더 나아가, 그가 베트남에 있다는 걸 알고 있는 사람 역시 G 혼자였다.

G는 그와 그의 가족들 양쪽 모두에게 교묘한 거짓말을 일삼고 있었다. 어차피 가족이란 어휘는 그의 사전에서 삭제된 지 까마득했으므로, 그는 G의 고린내 풍기는 쇼 같은 건 전혀 개의치 않았다. 그가 애초에 자신의 위치와 처지를 외부에 알리고자 했다면 벌써 오래전에 그렇게 했을 터였고, 또 이렇게 베트남에 하염없이 머물러 있지도 않았을 거였다.

단지 문제 — 그의 입장에서는 문제랄 것도 없지만 — 는 그의 참담한 단절, 자포자기에서 유래한 자살에 가까운 마음의 상태를 G가 낱낱이 꿰뚫어 악용하고 있다는 데에 있었다.

이미 앞서 밝혔듯, 그는 G가 교활을 떠는 속셈을 충분히 알고 있었다. G가 바라는 바는 단 하나, 쥐도 새도 모르게 그가 황천길로 사라지는 거였다. 쉽게 말해서, G는 그가 걱정되어서가 아니라, 과연 그가 이제쯤이면 죽었는지 살았는지만을 확인하고자 이메일을 날리고 있을 뿐이었다. 그는 울화가 치밀기보다는, G가 벌이고 있는 가증스럽고 유치한 두뇌 게임이 차라리 흥미롭기조차 했다.

그는, 눈알을 파내버리고 싶도록 귀여운 약혼녀의 편지들을 훑어 내려갔다.

편지 1의 일부분

(전략)

신문이나 TV를 통해 소식을 접해서 알고는 있겠지

만, 네 부모님, 아, 그래, 너는 이 말을 엄청 싫어하지. 너의 아버지께서는 캐나다로 떠나셨다. 그 불쌍한 여자(네 표현대로)도 함께. 정말 네 아버지를 사랑하는 것 같아. 명색이 아들이라는 너와는 비교할 수 없을 만큼. 너는 아버지를 사랑하기는커녕 멸시하잖아.

보통 사람들에게는 굴지의 대기업 하나가 무너지는 것보다, 아나운서 출신의 젊고 예쁜 아가씨와 위기에 몰린 나이 든 갑부의 로맨스가 훨씬 관심거리인가 봐. 일간지들의 사설과 경제면을 빼놓고는 온통 그 얘기뿐이니까. 세상은 시시하고 천박해. 쉰내가 난다구. 시궁쥐들이야.

(중략)

정부에서는 네 아버지께 여러 경로를 통해 한국으로 돌아오시기를 권고하고 있지만, 아마도 그런 일은 당분간 없을 거라는 게 주변의 중론이야. 이 나라의 정치가들은 희생양을 찾느라고 눈들이 시뻘개져 침을 흘리고 있어. 다음 차례가 누구인지 아무도 장담 못 한다는 소문이 공공연히 떠돌고 있다구.

(중략)

네가 내 편지를 꼬박꼬박 읽어보고 있다는 걸 확인

하면서도, 어째서 답장이 없는 것인가를 생각해. 네가 요즘도 내 예상대로 베트남에 있다면, 이제는 좀 더 좋은 국가로 움직여보는 건 어떨까? 예전에 머물렀던 스위스라든가, 아니면 네 아버지가 계신 캐나다라면, 내가 그곳으로 찾아갈 수도 있어. 물론 우리 부모님과 집안에서는 그것을 허락하지도 않겠고, 또 우리는 이미 파혼했다고 말씀하시지만, 나는 절대 그렇게 믿고 싶지 않아.

(중략)

다시 묻고 싶어. 왜 내 편지는 보면서도 답장을 주지 않는지. 나는 너를 이해할 수가 없어. 나는 여기서 이렇게 힘든 싸움을 치러내고 있는데, 네 약혼자인 나를 이렇게 방치하다니.

효신아. 나를 혼자 있게 하지 마. 솔직히, 나는 지쳐가고 있어.

(후략)

편지 4의 일부분

(전략)

그제는 정기모임에 나갔어. 늘 그 멤버 그대로였지만, 너만 빠져 있었지. 그래, 너만 빠져 있었어. 너만.

찬기와 여진이네도 타격은 받고 있지만, 그 이상의 문제는 일어나지 않을 거라고 하더라. 아이들이 내게는 너에 관한 얘기를 일부러 꺼내지 않으려고들 해.

그래서 나도 입 다물었어. 그런데 그게 무지 속상하더라.

나 오늘 너에게 최대한 솔직하려고 해.

반드시 용서를 받으려고 고백하는 건 아니야. 그저 네 앞에서만큼은 진실한 내 모습 그대로이고 싶어.

(중략)

결국 나중에 나는 많이 취했어. 엉망이었지.

찬기가 와서 물었어.

"어딨대?"

나는 모른다고 대답했지. 막 자존심이 상했어. 너도 알지만 우리 관계는 겉으로는 위하는 척해도 속으로는 동정조차 없잖아. 나는 찬기가 미웠어. 애들이 전부 싫었어. 내가 초라했어. 그래서 막 울었어.

(중략)

나는 찬기의 차를 타고 몇몇 애들이랑 두 군데인가

를 더 돌았어. 찬기는 남자애들끼리 빠지는데도 굳이 날 에스코트하더라.

나, 찬기와 잤어. 억지로 이루어진 건 아니었어. 분명, 나도 원했거든.

몰라. 왜 그랬는지는 몰라. 생리까지 하고 있었는데…….

너도 알다시피, 어려서부터 나는 모임의 남자애들을, 너 말고는 시시하게 여겨왔잖아. 너 외에는 섹스를 한 적이 없었는데, 그렇게 되고 말았어. 찬기는 여진이랑 다음 달에 결혼해.

(후략)

편지 6의 전부

아직도 내가 보낸 이전의 편지들을 열어보지 않았더구나. 내가 너에게 너무 잔인한 짓을 한 것 같아서, 오히려 네가 읽지 않은 것을 다행으로 여겼어. 그러나 곧 알게 되겠지.

너 어디 있는 거니? 베트남을 떠난 거야?

몸은 괜찮은 거니?

27

오바이트가 쏠렸지만, 그는 외롭지 않았다. 그에게는 아직도 이 세계를 멋대로 부유할 만한 달러가 여러 외국 은행들의 계좌에 예치되어 있었기 때문이다. 그는 외롭지 않았다. 외롭고 싶지 않았다.

28

어쩔 수 없이 느낄 법한 약간의 우울이 지나간 뒤에 그는, 무엇보다, G의 이메일 내용이 웃겨서 미칠 지경이었다. 애처로운 가식이 아니라, 정말이었다. 그는, 그렇게 신나게 배꼽 잡으며 웃어봤던 게 도대체 언제였나 궁금해할 정도로 심하게 웃었다.

궁지에 처해 불안에 흔들리고 있는 건 죽음을 각오한 그가 아니었던 것이다. 번뇌는, 삶에 미련이 많은 G

쪽에 먹구름으로 왕창 몰려가 있었다. 방생放生을 결정했던 자비로운 백정에게 돼지가 일부러 되돌아와서는, 인류의 미래를 걱정하며 수다를 떨다가 끝끝내 도살당하고 마는 꼴이 아니고 뭔가. G는 밖에서만 열 수 있는 감옥 안에서 열쇠를 쥐고 갇혀 있는 바보였다.

그는 G의 자업자득을 위해서 여전히, 영원히 답장을 띄우지 않기로 했다.

그는 갑자기 모든 걸 궁극적으로 포기한 스스로가 미더워지면서, 느닷없이 살고 싶다는 법열法悅에 경배했다. 그는 되게 기뻤다. 팔운동을 하려고 인간의 도시에 불덩이를 집어 던지는 신이 된 듯했다. 그는 눈을 치켜뜨고는 함성을 질렀다.

그는 호텔의 댄스홀로 내려갔다.

비록 시계탑에서는 아무런 일도 벌이지 않았지만은, 당장의 기분이 낯선 여자와 축배를 들지 않고서는 못 배길 것 같았기 때문이다.

댄스홀은 가라오케식으로 되어 있어서, 여가수가 밴드에 맞추어 영어로 록풍의 노래를 부르고 있었고, 손님들은 웨이터가 가져다준 앨범에 있는 사진들을 보고 원하는 댄서를 골랐다.

그는 최고로 비싼 술을 시켜놓고는, 사진들 중에서 G와 가장 닮은 베트남 여자를 찍었다. 어둠을 가르는 현란한 조명 아래서 점멸하는 댄서들은 모두가 미인이었으며, 아름다운 수가 놓인 원색의 아오자이를 맵시 있게 입고들 있었다.

잠시 후 진짜로 G와 흡사하게 생긴 여자가 그의 곁에 앉았다.

그는 여자와 잔을 부딪쳤고, 간간이 연주되는 블루스에 맞추어 춤을 추었다. 여자의 부드럽고 풍만한 가슴이, 그의 들뜬 심정을 한층 뜨겁게 달구었다.

그가 취해갈수록, 그 여자는 현실의 G로 변해갔다. 어느새 G는 베트남하고도 호치민 시의 고급 호텔 댄스홀의 접대부가 되어, 그의 비틀거리는 일거수일투족을 챙기며 시중을 들고 있었던 것이다.

그는 그녀를 호텔 방으로 데려왔다.

그는 여자에게 빳빳한 100달러짜리 지폐를 꺼내 보이며, 무엇이든 시키는 대로 할 수 있겠느냐고 물었다.

여자는 때리거나 하지만 않는다면 그러겠노라고 대답했다. 그는 아프게 하는 일은 없을 거라고 약속했다.

그녀가 약간은 긴장된 미소 속에서 100달러를 손

에 꼭 쥐었다.

그는 서울에서 여자들과 관계하는 것과 똑같은 느낌을 재현해보고 싶었다. T와의 성교에서처럼 굴욕적이고 수동적인 것이 아니라, 인간쓰레기 재벌 2세로서 화류계의 여자들을 뜻대로 다루는, 이른바 마초로서의 섹스를 치르고 싶었던 것이다.

그의 아랫도리는, 순결한 사랑보다 훨씬 친근하고 자극적인, 타락의 환희로 인해 단단해지고 있었다.

그는 그녀가 옷을 입은 채로 자기의 옷을 양말까지 전부 벗기게 하고는 페니스를 빨렸다.

그는 여자를 끌어안고 욕조로 들어가 샤워를 하였다. 그는 G의 음부 속으로, 비누거품을 부풀려 묻힌 손가락을 넣어서 흥분시켰다.

그는 그녀의 위와 뒤에서, 강력한 지배자의 자세로 페니스를 삽입하여 흔들어댔다. G는 알아들을 수 없는 베트남어로 미친 소리를 내질렀고, 그는 최대한 길게 끌려는 목적에서 마리화나를 피워 물었다.

그는 마치 기발한 아이디어라도 떠오른 듯, 그녀를 침대 턱에 앉히고는 다리를 쫙 벌리도록 요구했다. G는 난감해했지만, 때리지만 않는다면 괜찮다며 100달러를 손에 꼭 감아쥐던 이는 그가 아니라 분명 그녀였다. G는 상기된 얼굴로 양다리를 서서히 열었다.

아, 거기에는 그것이 있었다. 그것. 여자의 푸시였다. 악마의 입술이 있다면 바로 저렇게 생겨먹었을, 그 형상이었다. 그는 주름의 한 겹 한 겹을 손가락으로 더듬다가는 이내 혀로 촘촘히 핥아갔다. 그는 여자의 허벅지가 신음 안에서 조여질 때마다 완력으로 다시 젖혔다.

그가 이런 짓을 하는 것은 두 번째였다. 온갖 섹스를 섭렵한 그였으나, 그가 여자의 음부에 혀를 댄 경우는 놀랍게도 T가 아니라 G가 처음이었다.

그날 양수리 별장의 벽난로 불꽃에서, T의 하얀 눈동자에 질려 벌벌 떨던 그를 꼭 안아주던 G. 그녀의 푸시를, 그는 이렇게 침이 고인 혀로 살뜰히 애무해주었던 것이다. 그가 그렇게 했던 것은, 정말로 G가 그를 사랑하고 있다는 황송하고도 황홀한 감동 때문이었다. 그리고 그건 부정할 수 없는 사실이었다. 그때의 그 순간은, 그와 G가 최초이자 최후로 사랑한, 사랑하여 서로의 육체를 더불어 먹고 마신 거룩한 성찬식이었던 것이다.

그 시간은 대략 30분이 채 안 되었더랬는데, 고작 그것이, 그들이 이 지상에서 진실한 사랑을 경험한 삶의 전체였다. 생각해보면 한심하기 짝이 없는 아이러니가 아닐 수 없다. 한 발기불능의 사내와, 그의 겁먹은 표정에서 연민을 느낀 여자가, 그들 일생일대의 엑스터시를 누렸다는 것 말이다.

아무튼, 그는 이름도 모르는 이국 여인의 음부 아래에 재차 무릎을 꿇었다. G의 것을 핥아줄 때처럼 일말의 더러움이 찾아들지 않았다. 그 여자는 다름 아닌 G였으니까. 연신 악마의 입술에 프렌치 키스를 해대며, 그는 저 블랙홀을 비집고 튀어나와 세상을 살아가고 있는 스스로가 신기할 뿐이었다.

29

— ……내가 중2 때야. 뚱뚱하고 살결이 무지 까만 윤리 여교사가 있었어.

— 윤리?

— 아, 한국에는 그런 과목이 있어. 도덕을 교과서

로 가르쳐주는 훌륭한 나라지. ……어쨌든, 충격이었어. 굉장히 당황했다구. 그 여잔 괴물이었거든.

— 살찌고 피부가 검다 해서 괴물? 심하네. 그럼 뉴욕의 흑인 할머니들은 몽땅 괴물인가?

— 아냐. 더 들어봐. 치마 밑으로 드러난 종아리에는 굵은 털들이 수북하고, 손발이랑 덩치도 엄청났는데, 그게 대충 크고 억센 정도가 아니라, 그냥 있는 그대로 불곰이었다니깐. ……광대뼈가 튀어나온, 부리부리한 인상에, 이마에는 뇌 수술한 자국이 여러 군데 있었고…… 아이들이 이러는 거야. 저 여선생이 점점 남자로 변해가는 병에 걸렸다고, 원래 몇 년 전까지만 하더라도 모델 빰치는 미인이었다고 말이지. 뇌의 어디에 탈이 생기면 그렇게 되는지는 모르겠지만, 꿰맨 흔적들도 그래서 있는 거라고…… 남편과도 그 때문에 이혼을 했다면서. ……무슨 뜻인지, 좀 알겠어? 딱 보면 아, 저건 남자도 아니고 여자도 아니구나, 사람이 아니구나, 하게끔 되어 있었다니까. 여름방학이 지나고 나서부터, 그 여잔 학교에 나오지 않았어.

— 자연적으로 성전환이 이루어지고 있었다는 말이냐?

— 진짜야. 그것도 아주 일그러진 양상으로 진행되는. ……저주받아 마땅한 소리겠지만, 나는 그때 그게 사실이었기를 바래.

— 괴물?

— 그래, 괴물.

— 악취미로군. 원한 관계가 없고서야 어찌 그런 말을.

— 왜냐하면, 그럼 신이 완벽한 존재가 아니라는 것이 확실해지니까.

— ……흠.

— 가끔 예기치 않게 조용한 시간이 찾아오면, 난데없이, 그 여자가 떠오르곤 해. 그녀는 요즘 어느 곳에서 어떤 모습으로 있을까? 쉰 살은 족히 넘었을 텐데. 이제는 완전히 남자가 된 채로, 서울의 외딴 구석 침침한 술집에 앉아 있는 건 아닐까? ……궁금해. ……가르치는 과목만큼이나 도덕적인 여자였는데. 못된 짓을 일삼는 녀석들의 코를 꽉 잡고 뒤흔들며, 자존심 없는 사내들은 똥걸레라고 윽박지르곤 했지. 아, 맞다. 아들도 하나 있었어. 수업 중에 자기 어린 아들 자랑을 몇 차례나 늘어놨었거든. ……신이 기껏 암수조차도 명확히 구분 지어주지 못한다면, 대체 그게 신이야? ……그

런 생각이 들면, 미안하게도 마음이 편해져. 어차피 이 세계의 모두가 무질서한 것 같아서 말이야. 나만 이 꼴이 아니구나, 신도 엉망인데 뭐, 하는.

— …….

— 신기하지? 세상엔, 믿거나 말거나가 많아.

그는 창가 천장에 달라붙어 있는 푸른 도마뱀을 힐끔 쳐다보았다. 식당 안에는 아까 들어올 적부터, 무어라 딱히 표현하기 힘든 향냄새가 진동하고 있었다. 도마뱀은 베트남의 어디를 가나 눈에 띄게 되는 흔하디 흔한 동물이었다. 향은 그 도마뱀들을 쫓기 위해 피워 논 거였고.

도마뱀은 엉기적엉기적, 하다가는, 금세 빠른 속도를 내어 창밖 나뭇가지 속으로 꼬리를 감추었다.

— 겨우 그 정도? 내가 정말 기이한 이야기 하나 해줄까? 내가 직접 경험한 일이지.

— 네 여동생이 과거에는 남동생이었나?

— 아니. 내가 여자였다.

— 하핫.

— ……미국으로 탈출하기 위해 보트피플이 되어 망망대해를 떠돌고 있었지. 조그맣고 낡은 고무보트

에 쭈그리고 앉아, 우리는 인간이라면 겪어서는 안 되는 치욕을 당했어. ……우습지 않니? 사방이 물인데 그걸 마시지 못하고 목이 말라야 한다는 거. ……나는 내 오줌도 받아 마셨어. 너무 배가 고파 서로서로 싼 똥을 나누어 먹기도 했지. ……너 내 똥오줌을 받아먹을 수 있어? 근데 말이야, 만약 그 보트 위에 너와 내가 같이 있었더라면, 나는 네 똥오줌을 받아먹고, 너는 내 똥오줌을 받아먹었을 거야. 믿거나 말거나. ……짬 판 짬.

스티브와 그는, 보드카에 들쥐요리를 안주로 들고 있었다. 지난여름 메콩 강의 대홍수로 베트남은 큰 피해를 보았지만, 들쥐 소탕이라는 측면에서는 의외의 수확을 거뒀다고 스티브는 말했다. 홍수로 수위가 높아지자 수많은 쥐가 익사한 데다, 살아남은 놈들도 일부 고지대로 몰리면서 농부들의 덫에 쉽게 걸려든 것이다. 쥐들이 몰살당함에 따라, 그로 인한 농작물 피해는 평년보다 크게 줄었지만, 대신 들쥐요리를 즐기던 사람들은 섭섭해한다고도 했다. 매콤하게 양념한 들쥐요리는 베트남에서 결혼식에 즐겨 내놓는 인기 메뉴인데, 값이 두 배나 껑충 뛰어올랐다는 것이다.

그는, 식당 주인과 영어가 아닌 베트남어로 떠들어

대며 이것저것을 주문하는 스티브가 새삼스러웠다. 그에게 있어 스티브는 늘 외계에서 방문한 사이보그 같은 인상을 주곤 하였던 까닭이다. 서비스로 야채가 나오자 깜 언. 또 그에게 잔을 한꺼번에 털어내자는 뜻으로 짬 판 짬, 이라고 외칠 적에는 더욱 그랬다.

성조가 여섯 개나 되는 베트남어는 억양에 따라 단어의 의미가 바뀐다. 이를테면 다양한 발음의 '마(ma)'는, 악마·그러나·뺨·묘(墓)·말[馬]·싹[苗] 중에 어느 것도 될 수가 있는 것이다. 그가 그런 베트남어가 무당의 주문처럼 들린다는 감상을 피력하자, 스티브는 자기들의 언어인 띠엥 비엣이 국가적인 자부심의 원천이라고 일갈했다. 베트남어 어휘들의 절반 이상은 중국어에서 유래된 것으로, 현재 사용하고 있는 대부분의 표현형식이 과거 압제자들로부터 고유문화를 지키려 노력했던 후세들의 결과라고 말이다. 더불어 띠엥 비엣의 로마식 알파벳은 17세기 가톨릭 선교사들에 의해 발명되었다는 점도 잊지 않았다. 그때 그의 모습은 언젠가 뉴욕에서, 반드시 베트남으로 돌아가 뼈를 묻겠다고 선언하던 고집 센 민족주의자 그대로였다.

하지만 그래 봤자, 그는 이미 이 위대한 혁명의 조

국이 싫어서 떠났던 반역자 비엣 끼에우가 아니던가. 그는 스티브의 콤플렉스를 쓰게 곱씹으며, 이번에도 역시 침묵할 수밖에 없었다.

짬 판 짬에 맞추어, 그들은 보드카가 담긴 잔을 동시에 비웠다. 열대의 나라에서 마시는 화끈한 술은 정신을 몽롱하게 만들었다. 게다가 들쥐요리와 함께라니. 한국에서라면 상상하기 힘든 엽기였으리라.

손수건으로 이마의 땀을 닦은 스티브가 입을 열었다.

— 나, 네가 사귄다는 베트남 여자를 본 적 있어.

— 뭐……라구?

— 네가 뉴욕에서 알고 지내다가, 얼마 전에 우연히 여기서 다시 만났다는 그 여자를 안다구. 물론 그 여자는 나를 몰라. ……그날 나는 그녀뿐만이 아니라 너도 처음 본 거였지만. 너희 둘은 같이 있었어. 나는 너의 옆에 있었구.

— 무슨 소린지 도통…….

— 그렇겠지. 차근차근히 설명해줄 테니 잘 들어.

— ……?

— 타임스스퀘어 시어터 센터를 알지? 브로드웨이 극장가 더피 스퀘어에 있는 매표소 말이야. 운 좋으면 당

일권 티켓을 반값에도 살 수 있는. ……〈미스 사이공〉. 이래도 기억 안 나? 너 그 여자와 〈미스 사이공〉 보러 갔었잖아.

— 네가…… 그걸 어떻게 알지?

— 내가 네 옆에 앉아 있었고, 네 곁에는 그 여자가 앉아 있었으니까. 쉽게 정리해서, 우리는 셋이 나란히 앉아 있었던 거야. 왼쪽부터 나, 너, 그 여자, 그렇게. ……나로서는 베트남 여자가 베트남인이 아닌 동양인, 영어로 속삭이고 있었으니까…… 너는 한눈에도 중국 사람은 아닌 것 같았고, 그렇다면 일본인이거나 한국인일 거였고, 유심히 보지 않을 수 없었지. ……하지만 그게 다야. 그 밤에는 그렇게 헤어질 뿐이었지. 근데 그로부터 일주일쯤 뒤인가, 난 마약을 찾아 헤매고 있던 너를 만나게 되었고,……곧, 네가 일전에 보았던, 삼삼한 베트남 여자와 다정하게 어깨를 맞대고 〈미스 사이공〉을 관람하던 바로 그 작자라는 걸 알아차린 거지.

— 그 사실을 왜 이제야 털어놓는 거지?

— 왜냐고? ……글쎄. 왜? ……내가 그걸 왜 너에게 이야기해야 하지? 얘기할 수도 있었겠지만, 얘기하지 않았다고 해서 문제가 될 건 아니잖아? ……이봐, 효.

부디 착각하지 마. 나는 네가 비참해지리란 게 뻔한데도, 너에게 마약을 팔아 돈을 챙기는 비정한 위인이야. 그런 내가, 네 목숨에도 일말의 관심이 없는 내가, 어째서 너에게 그따위 시시콜콜한 에피소드를 보고해야만 하지? 설마 나를 네 하인이라든가 친구쯤으로 여기는 건 아니겠지? 알아. 너는 나보다 부자야. 난 그거 인정해. ……그렇지만, 나는 너처럼 몸과 영혼이 썩어 문드러져가는, 한심한 마약중독자는 아냐. 아무리 돈을 마구 뿌려대도, 너는 내 앞에서 절대 잘난 척할 수 없어. 나는 네 하인이 아니라는 소리지. 또 누구도 제 친구에게 독을 탄 포도주를 건네주는 대가로 돈을 받지는 않아. 한데 우리 사이가 꼭 그래. 따라서 너는 내 친구가 될 수 없어. 인정하지?

그는 스티브에게 별다른 이의를 제기할 수 없었다. 틀림없이 둘은 주인과 종도, 친구도 아니었던 것이다.

— 그런데, 효. 납득하기 힘든 게 있어.

— 뭐가?

— 그 여자, 너랑 놀아나는 그 베트남 여자 말이야, 그녀의 모습을 전혀 기억할 수가 없어. 이목구비까지는 무리라고 하더라도, 몸짓 하나 실루엣 하나가 전혀

잡히질 않아. 틀림없이 미인이었다는 건 알겠는데, 조금도.

— 짧은 순간 봤으니 그럴 만도 하지 뭘 그래.

— 천만에. 내가 기억 못 한다면 오히려 너지, 그 여자는 아니야. 그녀는 인상도 강했고, 어떤, 특별한 분위기와 거부하기 힘든 기운을 뿜고 있었어. 나는 사람 이름은 곧잘 까먹어도, 눈썰미에는 타의 추종을 불허하는 편이야. 빠르게 지나가는 전철 안의 사람을 알아보고는, 어제 너 어디로 가는 도중이 아니었냐고 맞추는 정도니깐. 그러니 내가 너를 두 번째로 발견했을 때 척 알아본 것 아니겠어? 한데, 그 여잔 아니야. 보통의 공기처럼, 분명히 마시고 지나왔는데, 아무것도 경험하지 못한 것과 같아. 아마 지금 그 여자가 이 자리에 서 있다고 해도, 그때 그녀라고 장담할 수 없을 거야.

— 글쎄 너무 예민하게 받아들이는 거 아니야? 난 충분히 그럴 수 있다고 생각되는데?

— 아니야. 너는 나를 몰라서 그렇게 말하는 거야.

— 너는 내게 마약을 대주는 사람일 뿐이라며? 내 죽음마저 관여하지 않는다며? 신경 끄지.

— 효, 한국으로 돌아갔으면 해. 그 괴상한 여자와

도 헤어지고.

— ……응?

— 너와 친구가 되고 싶다는 얘기야. 나도 더 이상 너와 이렇게는 못 지내겠어. 좁은 보트 안에서 서로의 똥오줌을 나누어 먹기가 싫어졌다는 의미야. 무조건 한국으로 돌아가. 가서 무슨 일이 벌어지든, 일단은 돌아가. 그리고 치료를 받아. 마약을 끊어. 이대로라면 너는, 얼마 버티지 못하고 돼지보다 추하게 뒈질 거야. 거울을 코에 대고 네 수척해진 얼굴을 좀 봐. ……나 이제 너에게 마약을 팔지 않을 거다. 친구가 되고 말고를 떠나서, 그냥 너 같은 놈이랑 아웅다웅하는 자체가 짜증 나. 앞으로 마약을 원한다면, 다른 데서 알아봐. 물론 그 여자가 구해올 수는 있겠지만. ……다시 한 번 충고한다. 한국으로 돌아가. 그 여자와 헤어져. 불길한 여자야. ……이거 받아.

— 어?

스티브가 그에게 내민 것은, 뜻밖에도 태극 마크가 새겨진 비행기표였다.

— 효, 삼 일 뒤야. 네 비자 문제도 내가 해결해놨어. 뇌물을 약간 썼지. 나로선 쉬운 일이었으니, 또 내

가 좋아서 이러는 거니까, 고마워할 필요는 없어. 나는 삼 일 후로는 널 꿈에서조차 보고 싶지 않다. 그게 오늘 이 순간 네 친구가 된 내 처음이자 마지막 소망이야. 너에게 이러고도 난 훨씬 악랄하게 살아갈 테지, 그렇지만…….

— 잠깐, 스티브 네 목이…….

— 무슨 짓이야?

반사적으로, 그는 스티브의 와이셔츠 칼라 깃을 확 잡아 끌어당겼다. 밤색 단추 하나가 식탁 위로 떨어져 원을 그리며 굴렀다.

— 이거!

— 놀랐잖아. 갑자기 이러면 어떡해!

그는 스티브의 목덜미에서, 상처에 가깝도록 붉게 패인 키스 자국을 목도하고 있었다.

— 왜 이런 거야?

— 몰라서 물어? 여자가 그런 거지.

— 어느 여자?

— 어느 여자긴. 너만 창녀들과 재미 볼 권리가 있는 건 아냐. 내게도 욕망은 있고 돈도 있어. 술을 많이 마시고 거리를 돌아다니다가 시계탑 근처에서 그랬

어. 이제껏 그런 적이 없었는데, 어제는 괜히 그러고 싶더라구. ……여자가 참 묘했어. 화대도 받지 않고 그냥 사라지더라. 내 목에 이런 자국을 남겼는데 미안하다는 기색도 없이…… 그런 사과 듣고 싶지도 않았지만…… 아무튼 이상한 여자였어.

— 어떻게 생겼는데?

— 창녀가 그냥 창녀지. 예뻤다는 거 말고는 기억이 나질 않아. 나중엔 필름이 끊겨서. ……싱거운 놈. 너 땜에 이게 뭐야? ……여기 바늘이랑 실이 있을까?

— …….

— 뭘 그렇게 골똘하게 생각해?

— …….

— 이봐. 효?

— 아, 아냐.

— 명심해. 삼 일 뒤, 거기에 적혀 있는 그 시각이야. 내가 먼저 공항으로 가 기다리고 있겠어. 선택은 네 맘이야. 그러나 나오든 나오지 않든, 다시는 나를 찾지 마. 친구가 되자마자 이별한다는 게 아쉬운 일이긴 하지만.

스티브는 자기와 그의 빈 잔에 보드카를 채웠다. 그

리고 삼 일 후 딱 한 번 보게 되거나, 아니면 영원히 보지 않을 친구를 향해 이렇게 말했다.

— 짬 판 짬.

30

그는 식당 화장실의 세면대 걸개거울 앞에서 웃통을 벗고 있었다.

너무도 똑같았다. 그의 눈엔 그랬다.

……이런, 도대체 지금 무슨 생각을 하고 있는 거야? 미쳤어. 기어이 돌아버린 거야, 완전히.

그는, 기분 나쁜 공상을 거침없이 해대는 스스로가 가엾고 혐오스러웠다.

— 빨리 안 나오고 뭐 해?

문밖에서 한참 기다리던 스티브가, 참다못해 그를 부르고 있었다.

31

오후 4시 정각, 그 둘은 한산한 거리에 나섰다. 축축한 바람이 불어 와, 언뜻 T의 얼굴 윤곽을 닮은 듯한 요상한 구름 떼의 움직임이 바빠졌다.

곧 어두워진 하늘에서, 비가 함성을 내지르며 퍼붓기 시작했다. 베트남에서는 도마뱀만큼이나 자주 부딪히게 되는 스콜이었다. 그것이 얼마나 세찼던지, 시야가 온통 우윳빛으로 가려져, 불과 2, 3미터 전방의 장애물들조차 확인하기가 어려웠다.

와중에, 스티브가 도로변에 대기하고 있던 택시를 타고 먼저 떠났다. 그는 야채 가게의 처마 밑에 몸을 숨긴 채, 춤추고 부서지는 열대 지방의 상징을 아무런 의식 없이 바라보았다.

그는 왼편 가슴에 달린 호주머니에 손을 얹었다. 거기에는 스티브가 남기고 간 서울행 대한항공 비행기표가 있었고, 다시 그 아래의 근처에는 T가 심어놓은 키스 자국이 있었다.

아까 그는 스티브의 뒷모습에서, 말할 수 없는 슬픔을 느꼈는데, 그것은 가슴이 으깨어질 정도로 아찔하고 괴로운 감정이었다. 그는 하마터면 울컥, 울음을 터뜨릴 뻔하였다.

번개가 내리쳤다. 두근거리는 제 심장소리를 들으며 그가 깊은 한숨을 내쉬었다.

그제야 천둥이 울렸다.

32

그는 야윈 어머니를 보았다. 그녀는 그의 볼에 입을 맞추었다.

어머니는 결코 인자한 표정이 아니었다. 그에게 화를 내고 있었다.

그가 안타깝고 죄송스러워 어머니를 꼬옥 끌어안아주었을 때, 그녀는 아버지의 어린 정부情婦로 모습을 바꾸었다.

매혹당한 그가 그 여자의 블라우스를 찢어버리자, 탐스러운 두 유방 틈에 길게 쪼개어진 유리창이 박혀 빛나고 있었다. 그는 그것을 빼내 주려고 악력握力을 썼다. 그의 손바닥이 찢어져 파란 피가 뚝뚝 진흙바닥으로 떨어졌다. 그녀는 더 이상 아버지의 여자가 아니었다. 한 번도 본 적 없는, 나폴레옹 보나파르트의 딸을 낳은 T의 어머니였다.

그는 헛소리를 내지르며 깨어났다.

누군가 어깨를 잡아주며, 알아들을 수 없는 베트남어로 속삭였다.

그녀는 발마사지사였다.

몸에 꼭 끼는 하얀 원피스를 입은 베트남 여자들이 근처를 왔다 갔다 하였다. 그는 전자상가 내의 볼링장 맞은편에 있는 발마사지 클럽에서 베트남식 발마사지를 받다가 깜박 잠이 들었던 것이다.

그가 미소 지으며 괜찮다는 뜻의 손짓을 하자, 그녀는 원래의 위치로 되돌아가 천천히 그의 발을 다시 지압하기 시작했다.

그는 어머니가 악몽 속에서 입술을 갖다 대었던 볼을 만졌다. 온기가 남아 있었다. 진짜로 어머니가 그렇게 해주었던 것만 같았다.

그는 손끝을 코끝으로 가져갔다. 풀이파리의 냄새가 났다. 불어오는 바람보다 가까운, 그리움의 순결한 향내.

그는 생각해본다.

어머니가 이렇게 살고 있는 아들의 모습을 안다면 그 심정이 어떨까, 하고. ……머나먼 미궁으로부터 그녀의 통곡이 들려왔다. 끔찍했다.

낮에 그는, T가 재직하고 있는 대학교에 갔더랬다. T가 그를 그곳으로 부른 까닭이었다.

검은 뿔테에 감색 정장 차림으로 서서, 칠판에 복잡한 수학 기호들을 적어 내려가는 T는, 그가 알고 있는 그녀가 아니었다. 학생들은 존경 어린 침묵으로 T의 강의를 경청하였고, 그는 어두운 만감이 교차했다.

수업이 끝나고 나자 T는, 쭈뼛쭈뼛 복도에서 어색한 자세로 기다리고 있던 그를, 자기의 연구실로 데리고 들어갔다.

블라인드가 올라간 창문 왼편 모서리에는 한국산 LG 에어컨이, 문 옆에는 육중한 지펠 냉장고가 서 있었으며, 사방이 영어와 독일어 등의 원서로 빼곡한 책장에 둘러싸여 있었다. 베트남 어디를 가도 그만큼 호화로운 사무실은 드물 것 같았다.

그는 베이지색으로 페인트칠 된 벽에 걸려 있는 커다란 칼을 응시했다. 단박에 물소의 목을 잘라내버릴 수 있을 정도로 날이 시퍼렇게 벼려져 있었다.

그는 처음 대하는 그 칼이 어쩐지…… 전혀 낯설지 않았다.

— 이 칼은 뭐지? 왜 이런 게 여기 걸려 있지? 장식품치고는 희한하군.

— 베트남전쟁 당시, 우리 용사들이 쓰던 칼이야. 아마도 저 칼에 양키와 따이한의 모가지들도 여럿 날아갔을걸. 함부로 만지지 마, 위험해. 굉장히 예리하니까.

그는 등골이 싸늘해졌다. 칼이 저절로 흔들리며 중얼거리고 있는 듯한 착각에 빠져들었기 때문이다. 그것은 도무지 무생물이 아닌 것 같았다.

그는 손을 내밀어 칼날을 살짝 건드려보았다.

— 악!

그의 손가락이 베어져 피가 흘렀다.

T가 다가와 그의 손가락을 입에 넣고는, 뱀에 물린 자국에서 독을 뽑아내는 것처럼 쪽쪽 빨아댔다. 그는 생기로 반들거리는 T의 눈동자 속에서 잿빛 회오리를 보았다. T는 진짜로 그의 피가 맛있는 눈치였다. 잠시 후 입을 뗀 T는, 보라색 손수건으로 갈라진 부분을 처매주었다. 이미 그의 손가락은 하얗게 죽어 있었기에,

더 이상 피가 새어 나오지도 않았다.

— 거봐, 농담이 아니라니까. ……자, 여기.

T는 그를 등나무 의자에 앉혔다. 창밖은 또 스콜이 내리려는지 침침해지고 있었다.

— 리. 부탁이 있어.

스티브가 그의 이름의 앞 자만으로 그를 부르는 것과는 달리, T는 그의 성을 이름 삼아 애용하곤 했다.

— 부탁?

그는 T의 소극적인 단어 선택과 친절한 말투가 어색했다. 마치 호랑이가 제 아가리에 물린 토끼더러, "근데 나 씹어도 되나요?"라고 동의를 구하는 것만 같았다.

— 나는 좀 있다가 교수회의에 들어가야 해. 그러니 용건만 간단히 얘기할게. 내일, 저녁 6시에 네 호텔 방에 있어줘. 내가 그 시각에 그리로 갈 테니.

— 뭘 하려고?

— 그때 알려줄게.

— 그게…… 부탁이야? 내일 저녁 6시에 내 호텔 방으로 올 거니까, 대기하고 있으라는 게?

— 맞아.

— 굳이 그 말을 하려고 나를 여기까지 부른 거라고? 전화를 걸면 됐잖아?

— 아니야. 특별한 의미가 있어서 그래. 반드시 이곳에서 네게 내 뜻을 전해야 했어. 자세한 건 차차……나중에.

— 내가 다른 볼일이 있다면?

— 자유의지야.

— 자유의지?

— 그래, 너의 자유의지.

— 내게도 네 앞에서 그딴 게 있었나?

— 조금 전에, 너는 내가 저 칼을 만지지 말라고 경고했는데도, 굳이 건드려서 피를 흘렸잖아. ……그렇지만 리. 부탁이야, 나를 기다려줘.

그는 T의 시선을 따라, 벽에 걸려 있는 큰 칼을 새삼 올려다보았다. 그 칼이 고개를 끄덕이며 희미하게 웃고 있는 것 같았다.

33

스콜은 내리지 않았다. 날은 다시 화창해졌다.

그는 시클로를 타고서, 괜스레 무더운 시내를 한 바퀴 휘돌았다. 턴득탕 거리를 맴돌다가 붕타우행 수중 잠수함 승선장을 지나, 사이공 강가에 이르러서야 그는 시클로에서 내렸다.

그는 한곳에 고여 있는 많은 양의 물이 보고 싶었다.

강.

은은히 사라져가지만, 영원히 채워지는 강물.

서울에서도 그는 가끔씩 한강변으로 스포츠카를 몰고 나가서는, 해가 지도록 운전석에 혼자 멍하니 앉아 있곤 하였다. 그는 오늘따라 그 한강이 보고 싶었다. 이런 더운 나라의 흙빛 강이 아니라, 쩌릉쩌릉 한 얼음강 위에서, 황혼을 배경으로 펼쳐지는 철새들의 푸른 군무群舞를 보고 싶었다.

그러나 서울로 돌아간다 한들, 그것에 과연 무슨 가치가 있겠는가? 그의 객사客死를 간절히 바라던 약혼녀의 실망으로 가득 찬 인사말과, 더 이상은 재벌이 아닌 시시껄렁한 생활과, 마약중독자가 감수해야만 하는 멸시와 격리 수용, 또 그다음의 순서로 정해진 치욕들이 차례차례 그를 노리고 있을 뿐이었다.

그가 무서운 바는, 재벌로 못 살아갈 그가 아니라, 재벌로 살았던 그를 기억할 사람들이었다. 그들이 쏘아댈 무시와 심판의 눈초리였다.

그는 죽어도 이곳 베트남에서 죽어야 했다. 비아냥에 시달리며 비루한 생을 마감하고 싶지는 않았다.

그때 그는 어설피, 물뱀이 수면 위를 얕게 헤엄치고 있는 것을 보았다. 아니, 그것이 물뱀인지 뭔지는 확신할 수 없었다. 하지만 그의 뇌리에는 즉각적으로 물뱀이라는 낱말이 떠올랐다. 벌써 탁한 강물 밑 깊숙이 몸을 감추어버린 그것은, 흰 등을 지닌 물고기이거나, 혹은 진짜 물뱀일 수도 있으며, 또 그냥 강물의 파장에 번뜩인 저녁 햇살 한줄기일 수도 있었다.

그는 어머니가 낮꿈에서 입 맞춰주었던 볼을 매만졌다. 그리고 아까처럼 거기에 대었던 손끝의 냄새를 맡아보았으나, 불어오는 바람보다 가까운, 그리움의 순결한 냄새, 풀이파리의 향취는 없었다. 오직 번뇌에 찌들은 땀방울만이 찝찔하게 묻어 나올 뿐이었다.

내일 저녁 6시는, 스티브가 그에게 건네준 서울행

비행기표의 출발시각이었다.

그는 방금 어떤 결정을 내렸고, 그것을 절대로 철회하지 않기로 맘먹었다.

그는 자유의지를 행사해보기로 작정한 것이다.

34

그는 사이공 강을 등지고 동커이 거리를 따라 한참을 거슬러 올라갔다. 아무래도 묘상한 날씨였다. 비가 내리려면 열두 번도 더 내렸을 텐데, 지나치게 습도만 높을 뿐이었다.

발이 피곤해질 무렵, 그는 택시를 잡아타고 사이공 타임스와 구舊국회의사당(지금의 시민극장) 사이에서 내렸다.

그 부근에는 최근에 생긴, 외국 비즈니스맨들이 모이는 영국풍과 프랑스풍의 바들이 많았다. 그는 그것들 중 한 군데를 골라 지하로 내려갔다.

그는 바에 앉아 하이네켄을 주문했다.

바 안에는 주로 백인들과 그들을 접대하는 베트남

인들이 대여섯 테이블을 차지하고 있었다.

그는 적당히 마신 뒤 호텔 방으로 돌아가서는 약물을 할 계획이었다. 그때였다.

— 저어, 혹시 한국분이십니까?

— …….

— 쏘리.

— 아닙니다. 한국 사람 맞습니다.

— 야아, 그렇죠? 그런 줄 알았다니까요. 이거 반갑습니다.

— ……음.

막 사십줄에 접어든 듯한 사내는, 턱이 길게 튀어나왔으며, 이마가 비좁다고 여겨질 정도로 숱이 풍성했다.

내민 명함에서 그는, 동방상사라는 주식회사의 대표였다. 주소는 종로구 인의동 군인공제회관 건물로 되어 있었다. 그는 사업차 한 달에 한 번 이상은 베트남을 방문한다고 했다.

그는 좁은 이마 사내가 불쾌하거나 부담스럽지는 않았다. 되려 내심으로는 오랜만에 만나는 한국 사람이 반가웠으며, 무엇보다 영어가 아닌 한국어로 소통

한다는 게 위안이 되었다. 그는 제 그림자에게 열등감을 느낄 만큼이나 마음이 헐벗고 지쳐 있었던 것이다.

어느새 그들은, 좁은 이마 사내가 마시고 있던 잭다니엘 한 병을 거의 비워가고 있었다.

좁은 이마 사내는 베트남과 무역하는 것의 어려움, 그렇지만 한층 심화될 개방화 물결에 따른 무한한 가능성 따위를 한참 늘어놓다가는, 엉뚱하게 시키지도 않은 미당 서정주의 「자화상」과 파블로 네루다의 「시」의 전체를 통째로 외워 들려주며, 자기의 문학청년 시절을 술회했다.

좁은 이마 사내의 가장 두드러진 특징은, 상대에 관해서는 일절 묻질 않으며 줄창 혼자서 지껄여댄다는 거였다. 그가 왜 베트남에 머무르고 있는지, 나이가 몇 살인지, 심지어는 이름이 뭔지 등등의 당연히 있을 법한 질문조차 던지지 않았다.

그는 그런 좁은 이마 사내의 태도가 편했다. 그가 예정했던 시간을 훨씬 초과하면서까지 자리를 지킬 수 있었던 것도 그 때문이었다.

좁은 이마 사내는 확실히 전형적인 비즈니스맨과는 거리가 멀었다. 뭔가 좀 더 섬세했으며, 뭔가 좀 더 상처받았고, 뭔가 좀 더 난해하여 서글펐다. 자기가 당장 집중하고 있는 바 외에는 도무지 신경을 쓰지 않는 것 같았다.

좁은 이마 사내는 그에게, 아내와 두 딸이 찍혀 있는 사진을 지갑에서 꺼내 보였다.

— 예쁘죠? 그렇지요? 다행이지 뭡니까, 두 녀석 모두 제 엄마를 닮았잖아요?

밤 10시쯤이 가까워서 그가 그만 일어나야겠다고 하자, 좁은 이마 사내는 자기도 그렇다며 따라 나왔다.

그가 앞서서 바의 출구로 이어진 계단을 올라가고 있는데, 누군가가 그의 손을 잡아끌었다. 그는 고개를 돌렸다. 물론 좁은 이마 사내였다.

그는 당황하여 그를 빤히 쳐다보았다. 눈 깜짝할 사이에 좁은 이마 사내의 까끌까끌한 혀가 그의 입술 사이를 헤집고 들어왔다.

그는 너무 놀라 좁은 이마 사내를 밀쳐버렸다. 좁은 이마 사내는 서너 계단을 구르다가 벽에 기대어 주저앉고 말았다. 그는 좁은 이마 사내의 다음 행동에 대해 방어 동작을 취하려고 하였으나, 곧 그럴 필요가 없음을 알았다. 좁은 이마 사내는 제 양다리 틈에 얼굴을 파묻고는, 불탄 숲에 놓인 바윗덩어리처럼 고요하였다. 그 잿더미로부터 인간의 목소리가 비어져 나왔다.

— 죄송합니다. 어서 가주세요. 부탁입니다.

35

눅눅한 밤의 거리에 섰을 때, 그는 등 뒤로 좁은 이마 사내의 흐느낌을 듣고 있었다.

스콜은 여전히 내리지 않았다.

그는 설령 앞으로 천 년을 산다 하더라도, 세상의 아무것도 이해할 수 없으리란 사실을 깨달았다.

36

— ……1975년 4월 30일, 사이공이 함락되던 그날엔 비가 억수같이 내렸지. 하지만 곧 태양이 솟아올랐어. 이곳은 적 낙하산부대의 마지막 보루였고, 그야말로 철저히 파괴되었지. 여기저기 부서지고 찢어진

시체 조각들이 삐라처럼 널려져 있었어. 네가 서 있는 그 자리도 마찬가지지. 피바다였어. 벽마다 총알이 스치고 지나간 살점들이 눌어붙어 있었고. 전쟁…… 전쟁은 누구에게나 비참한 거지. 사람과 짐승, 구름과 대지, 심지어는 별들과 바람에게도 그래. 이 공간은 아직도 원혼들로 가득 차 있어. 비명이 낭자하다구.

그는 T의 말에 주변을 둘러보았다. 지금 자신이 그런 비극의 현장을 서성이고 있다는 게 도무지 믿기질 않았다.

붉은 아오자이를 입은 T는, 아주 작은 핸드백을 옆구리에 낀 채로 1975년 4월 30일, 그날의 처참한 상황을 마치 직접 경험하기라도 한 것처럼 떠들어댔다.

떤선 국제공항 입구에는 피켓을 든 베트남인들이 일정한 경계선 밖에서 북적거리고 있었다. 당일 비행기표와 여권이 없는 내국인들은 공항 안으로 들어올 수가 없는 것이다.

저녁 4시 34분, 뉴욕에서 탈출할 적에 그러했듯 간단한 여행용 가방 하나만을 든 그는, 각국의 여러 항공사 카운터들이 늘어서 있는 국제선 1층 로비에 도착했더랬다. 말이 좋아 국제공항이지, 어디 마땅히 앉아 시간을 보낼 좌석 하나가 없어, 한국의 중소도시 고속버스 터미널보다 못한 형편이었다. 그럴 만한 것이, 언젠가 그는 늘어선 스무 대의 공중전화 박스들 전부가 텅 비어 있는 광경에 경악하기도 했었으니까. 시민들이 공중전화들을 뜯어다가 팔아먹은 것이다. 아무리 발전하고 있는 중이라지만 후진 사회주의국가임은 분명했다.

그는 대한항공 카운터 근처 기둥에 기대어, 모니터 화면에 공시되는 비행기들의 일정들을 드문드문 확인하고 있었다.

그런데, 저녁 5시 20분경. 그의 앞에 버티고 선 이는, 스티브가 아니라 T였다.

그는 내장이 얼어붙고 사지가 떨렸지만, T에게서는 추궁을 한다거나 하는 기색을 전혀 찾아볼 수 없었다.

— 떠나려는구나?

그는 용기를 내었다. 그랬다. 그는 떠나려던 거였다. 그것이 바로, 어제 사이공 강의 물결 위에서, 물뱀의 비늘 같은 흰빛을 마주하며 그가 내렸던 결정이었다. 풀이파리 같은 어머니의 입맞춤, 불어오는 바람보다 가까운 그리움의 순결한 향내, 그의 마지막 자유의지였다.

— 어, 어떻게 알았지?

— 그게 네 선택이니?

— 그래.

— 그렇지만, 이따가 밤 11시 비행기를 타야 할 것 같다. 네 친구가 너를 기다리고 있어. 그 사람이 내게 연락을 해왔어. 곤경에 처해 있어. 내 연구실에 숨어 있지. 네가 잠시 꼭 필요하대. 한두 시간이면 처리되는 일이니까, 그리고 너에게는 아무 일 없을 테니까, 반드시 들러달라고 했어.

— 네 연구실에 있다고?

— 안전한 곳을 찾길래 내가 거기로 데려갔어. 겁에 잔뜩 질려 있더군. 더 이상의 것은 나도 몰라. …… 어쩔 테야? 그냥 한국으로 떠나겠어, 아니면 그를 만날 거야?

그는 저만치 출국장 부근에서 서성대는 낯익은 남자를 발견했다. 그는 지난밤의 그 좁은 이마 사내였다. 그도 저녁 6시발 서울행 비행기를 타려는 모양이었다.

그는 자신에게 귀국의 길을 열어주며, 최초이자 최후로 친구 노릇을 하겠다고 했던 스티브를 차마 저버릴 수 없었다. 왜냐하면 한때 그에게 마약을 팔아 돈을 챙

졌던 그 친구 외에는 친구가 없었기 때문이다. 더구나 좁은 이마 사내와 함께 한 비행기에 오르기도 싫었다.

그는 이윽고 T의 아우디에 올라탔다. 떤선 국제공항을 우회해 돌아 나가면서 그는, 운전대를 잡고 있는 T를 대학교 강의실 칠판 앞에서의 논리적이고 차분한 지성인으로 착각하고 있었다. 이제야 비로소 미혹의 안개가 걷히고 사방이 또렷하게 다가온다고 믿었던 것이다.

그는 허울 좋은 자유의지만을 알았지, 그것을 무효로 만들어버리는 불행의 억센 힘을 몰랐다.

37

스티브는 없었다.

호화스러운 T의 연구실에서 그를 맞이한 것은, 베이지색으로 페인트칠이 된 벽에 걸려 있는 큰 칼뿐이었다. 양키와 따이한 들의 목을 여럿 베어냈다는 그 큰 칼.

— 스티브는 어디에 있지?

— 깐 말이냐?

— 깐?

— 그의 본래 이름은 스티브가 아니라 깐이야.

— 아, 그래. ……아무튼, 어딨냐고?

— 지금 여기 우리와 같이 있어. 조오기 있잖니.

그가 돌아다보았다. 지펠 냉장고가 있었다.

— 무슨 장난질이야?

그녀는 벽에 걸려 있는 칼을 떼어내 집어 들었다. 칼날이 이를 갈며 빛났다.

— 우리와 함께 있대두. 카가 지금 우리와 함께 있듯이.

— 뭐? ……뭐?

그는 너무도 오랜만에 T의 입술을 통해 듣는 카라는 소리에, 그야말로, 하늘이 무너지는 것 같았다.

— 어리석은 너는 위대한 카가 사라졌다고 생각했겠지만, 카는 훨씬 강한 모습으로 건재하시다. 호호호.

T가 칼을 높이 쳐들었다. 칼날에서 시린 파동이 우우우 — 퍼져 나갔다. 그 옛날 뉴욕의 맨해튼 아파트에서 마약에 취해 들었던 것과 같은, 괴물 귀신의 노래였다. 칼날 주변의 허공으로 검은 달과, 황소의 머리를 지닌 잿빛 물고기와, 날개 달린 선인장이 헤엄치고 있

었다. 그럼, 아름다운 여인은? ……아아, 아름다운 여인은 그 큰 칼을 들고 있는 T였다.

— 너는 카를 모욕하고 나를 버리려고 했어. 감히 카에게 그런 짓을 하다니! 이 칼은 대전쟁에서 쓰이던 게 아니야. 내가 푸른 향로를 녹여서 만든 거야. 불꽃 속에서 카는 더욱 성스러워지고, 여기 이렇게 부활하셨다! 깔깔깔.

혼이 빠져버린 그는, 비틀비틀 뒷걸음질 쳤다. 지펠 냉장고가 그를 막았다.

— 스티브는! 그럼, 스티브는?

— 못된 놈. 네 뒤에 있대두.

그는 벌벌 떨리는 손으로 육중한 지펠 냉장고의 문을 열었다. 거기엔 음식이라고는 하나도 없었다. 칸칸을 나누는 플라스틱 선반들이 전부 제거된 그 넓은 내부에는, 팔을 벌려 끌어안아야 할 검은 비닐 자루가 들어 있었다.

38

T의 아우디는 베트남의 시골 풍경 속으로 막 접어들었다. 하루 종일 북쪽을 향해 잠시도 멈추지 않고 몰아왔건만, 정작 그곳이 어떤 지방의 어느 부근인가를 그는 몰랐다.

운전석 시트는 피에 물들어 검게 변해 있었고, 그의 왼손 손가락 중 중지와 검지는 거의 잘리다시피 하여 덜렁거렸다. 카가 스쳐 지나간 상처는 목덜미와 어깨에도 있었으나, 깊게 패이지 않아 치명타가 되지 못했기에, 그는 요행히 목숨을 건질 수 있었다.

기름이 바닥까지 완전히 말라버린 T의 아우디는, 한 마을의 외곽에서 솟아오르는 먼지와 함께 저절로 멈추어버렸다. 그는 열린 차 문의 모서리를 부여잡아 가까스로 땅에 디디고 섰다. 출혈이 극심한 상태에서 장시간 광란의 질주를 감행하였으므로, 어지럽고 시야가 흐릿한 것은 당연했다.

그런 그의 먼발치로, 베트남의 전통 장례식 행렬이 지나가고 있었다. 그는 언젠가, 길에서 우연히 관을 만나게 되면 행운이 찾아온다 했던 스티브의 말을 떠올렸다.

하얀 머리띠에 꼬리를 매단 어린아이들이 장례행렬의 선두에 서서, 은은한 바람에 춤추는 빨갛고 노란 빛깔의 깃발들을 들었는데, 거기에는 천추영별千秋永別과 서방극락西方極樂이라는 두 개의 문장이 쓰여 있었다. 검은색이나 갈색 옷을 입고 뒤따르는 어른들은, 특별한 소리 따윈 일절 내지 않으며 천천히 묘지로 걸어갔다.

그는 헤벌쭉헤벌쭉 웃고 있었다. 자기가 정말로 복이 많다고 생각했기 때문이다. 이왕이면 시체가 빨리 썩는 여름에 죽고 싶었던 그가, 이렇게 푸른 지옥에서 삶을 마치게 되었으니까. 그는 그러한 소원을 가능케 해준 T가 성녀처럼 여겨졌다.

이제 그는, 붉은 장미라든가 제비나비가 되지 못한 채 11월 겨울밤 전갈자리의 강요당했던 것이 조금도 억울하지 않았다. 오히려, 겨우 30분가량 진정으로 사랑해봤던 약혼녀에게 최고의 이별 선물을 전할 수 있어 무척 기뻤다.

자동차 트렁크 안에는, 황금빛 탄환 두 발이 각각 허벅지와 이마에 박힌 눈뜬 T와, 갈가리 토막 난 채로 사지와 내장이 뒤섞인 스티브가 담긴 검은 비닐 자루,

그리고 그의 끈적끈적한 피가 말라붙어 있는 카가 들어 있었다.

그는 사는 게 너무 무료했고, 여태 무엇에 고통받아 왔던가를 알지 못했다. 그는 과연 이것을 인생이라고 불러야 할지도 주저하고 있었다.

원폭 같은 비가 터졌으면, 버섯구름도 있는.

……그는 핸들 앞으로 손을 뻗어, 황금빛 탄환이 단 한 발 장전되어 있는 T의 권총을 집어 들었다. 그의 삶은 정확히 20초가 남아 있었다.

그는 천칭자리에서 동쪽으로 향하는 황도 십이성좌의 악보를 읽으려 고개를 쳐들었다. 눈물 따윈 흘러나오지 않았다. 모난 빛을 발하는 은하의 유성우와 차갑고 강한 우주늑대의 이빨만이 선명할 뿐이었다.

분명 대낮이었고, 구름이 많이 껴 곧 스콜이 내릴 듯하였는데도, 그의 충혈된 두 눈엔 그게 보였다.

그의 전갈자리에서 생긴 일은 이러하였다.

작가와의 대담

그날, 우리가 사랑했던 지옥은

김미현(문학평론가·이화여자대학교 국어국문학과 교수)

미현_ 당신 소설에서 3인칭은 처음이다.

응준_ 언젠가는 해야 할 일 아닌가. 그래서 했다.

미현_ 3인칭과 1인칭이 하늘과 땅처럼 다른가.

응준_ 내게 있어 3인칭과 1인칭의 차이는 중요하지 않다. 무엇이 이 소설에 적합한 것이냐가 관건이었다. 처음에는 습관대로 1인칭이었다. 그러다 이 소설의 특성상 감정의 습기를 제거하려는 강박 아래에서 쓰다 보니 자연히 3인칭을 선택하게 됐다.

미현_ 이 소설에서는 '그'가 바로 전갈이다. "검은 뇌"

와 "핏기 없는 하얀 심장"을 지닌 "어두운 유기체"가 바로 전갈인가.

응준_ 전갈이 인간이니까.

미현_ 인간은 모두 에덴에서 '추방당한 자'이고, 그래서 패배할 수밖에 없다는 뜻인가.

응준_ 반드시 기독교 세계관 아래에서 구상한 것은 아니다. 그저 인간이 나약한 존재라는 것을 말하고 싶었을 뿐이다.

미현_ 인간은 그토록 약한 존재인가.

응준_ 물론이다.

미현_ 약한 척하는 것과 약한 것은 다르다. 약한 것도 끝까지 추구하면 강한 것을 이기지 않는가.

응준_ 그것은 인간의 알량한 처세술일 뿐이다. 약한 척하는 게 사실 가장 약한 거다. 얼마나 약하면 약한 척하겠는가.

미현_ 약한 것이 왜 나쁘냐면, 약한 사람이 폭력을 불러

오기 때문이다. 그러면서도 약한 사람은 동정조차 받는다. 그래서 약한 인간은 강한 인간보다나쁘다. 악을 불러오니까.

응준_ 우선, 동정받아 진정으로 행복해지는 자가 있는가? 그리고 문을 열어놓은 자가 나쁜가, 아니면 문이 열려 있다고 해서 그 집으로 들어가 강도짓을 하는 자가 더 나쁜가. 만약에 인간의 나약이 악이라면 인간은 모두 나쁘다.

미현_ 이 소설의 '그'처럼 약할 수밖에 없을 때 거기서 인간의 몫은 얼마큼일까겠지.

응준_ 이것은 신뢰의 문제일 수 있겠다. 나는 인간을 그다지 신뢰하지 않는다. 어떤 인간의 어느 순간을 사랑할 뿐이다. 나 자신에게도 마찬가지다. 인간 따위를 신뢰했더라면 정치를 했을 것이다. 인간에게 책임이 전혀 없다는 것이 아니라, 불가항력의 불행이 존재한다는 얘기다.

미현_ 정리해 보면, 결국 약한 것은 무엇인가.

응준_ 인간이다.

미현_ 그래서인지 당신의 소설 속 인간들은 너무 인간적이어서 미워할 수조차 없다. 오히려 화가 난다. 일그러진 자화상을 볼 때처럼 불편하다.

응준_ 그것은 당신이 내 소설의 주인공을 소설 안에서보았기 때문이다. 만일 '그'가 당신 옆에 현실로있었더라면, 당신은 분명 '그'를 경멸했을 것이다.

미현_ 전갈은 화가 나면 독침으로 자신을 찌른다고 한다. 전갈의 독침처럼 '자해'가 세상에 대한 '공격'이될 수는 없을까.

응준_ 죽은 전갈에게 물어봐라, 자해가 공격이었는가를. 전갈은 괴롭게 죽어갔을 뿐이다. 자해를 공격으로 받아들이고 문학적 감흥을 얻은 것은 전갈이 아니라 당신이다.

미현_ 그럼 도대체 이 소설에서 '그'는 왜 자신을 방기하나. 왜 덧없는 쾌락에 함몰되나. 무엇 때문에.

응준_ 외롭고 궁지에 몰린 '그'가 그랬던 것은, '그'의 본능이었겠지.

미현_ 그래서 그런 인간들이 바로 "밖에서만 열 수 있는 감옥 안에서 열쇠를 쥐고 갇혀 있는 바보"가 되는 것인가.

응준_ 그렇다. 부조리의 감옥에 갇힌 인간들이다.

미현_ 그렇다면 '카Ka'는 무엇인가.

응준_ 당신에게는 무엇인가.

미현_ '악령'이다. 당신이 말했다시피 인간이 그토록 약한 존재라면, 약하기 때문에 도망가는 곳, 인간의 어둠, 욕망의 그늘, 내부의 적 같은 것들.

응준_ 가장 타당하고 보편적인 해석임을 인정한다. 그러나 반드시 짚고 넘어가야 할 것은, 소설 속에서의 '카'가 기껏해야 쇠붙이라는 점이다. '카'는푸른 향로였다가 큰 칼로 변한 일개 물질일 뿐이다. 그것이 '카'의 이성적이며 과학적인 외양이자 본질이다. 평범한 푸른 향로인 '카'를 우상이게 한 것은 목숨 없는 '카' 자신이 아니라 인간인 T이다. 다시 말해서, '카'는 인간인 T의 필요에 의해 만들어진 우상에 불과하다는 얘기다. 이 세계의 일체의 부조리와 폭력성을 통틀어 나는 '카'라고 표현하고 싶다. 어떤 존재들이 균형을 잃고 어두운 곳으로 완전히 기울어졌을 때, 그것은 곧 '카'가 된다. 애초부터 푸른 향로는 푸른 향로였고, 큰 칼은 큰 칼이었을 것이다.

미현_ '카'를 '카'이게 하는 것은 무엇인가.

웅준_ '카'는 그 두 가지 모양의 쇠붙이가 아니라, '카'라는 우상을 창조하고 경배하고 있던 T의 고독한 실존이 아니었을까? 사악한 인간과 우상은, 닭과 달걀의 관계를 이룬다. 히틀러가 먼저인가, 나치즘이 먼저인가? 나치즘의 우상이 히틀러였는가? 반대로 히틀러가 창조한 우상이('카'가) 나치즘이었는가?

미현_ 바로 그렇기 때문에 불행도 선택한 것이면 자유의지에 의한 것 아닌가? '그'가 베트남을 못 떠난 것도 불행의 힘이 아닌 자신의 어둠 때문이 아닌가. '그'는 어둠에 '갇힌 자'가 아니라 어둠을 '만드는 자'에 가깝다.

응준_ 자유의지? 그렇게 가혹한 겹겹의 시험이 자유의지로 간단히 귀결될 수 있다면, 과연 누가 그 심술로 가득 찬 시험을 통과하겠는가? 성자聖者가 아니고서는 어려울 것이다. 아마도 그래서 주기도문에 "우리를 시험에 들게 하지 마옵시며 다만 악에서 구하옵소서"라는 구절이 있는지도 모르겠지만 말이다. 아름다운 시골 들판에 어린 남매 둘이 놀고 있다. 그런데 언덕 저편에서 살인마가 저벅저벅 걸어온다. 그는 남매를 잔인한 방법으로 살해하고 시체마저 엽기적으로 훼손한다. 자, 이것은 내가 지금 이 자리에서 꾸며낸 소설이 아니라, 얼마 전 전라북도 고창의 한 마을에서 실제로 일어난 일이다. 그때 그 남매 곁에 신은 있었는가? 그들에게 자유의지라는 게 주어지기나 했던가? 역시 부조리다. 이런 의문이 나로 하여금 이 괴상한 소설을 쓰게 만들었다. 소설 속의 주인공 '그'는 전라북도 고창 들판의 그 남매가 그랬듯 베트남의 시골길에서 죽었다. 인과응보라든가 권선징악의 원리가 전혀 통하지 않는 사례들이 세상에는 허다하다. 천지天地는 노자의 말처럼 불인不仁하다. 불행은 나무 한 그루 없는 겨울 들판에서 맞는 칼바람같이 불어온다. 소설 속에서 '그'에게 '카'와 T가 끈질기게 육박해오듯이.

미현_ 촌스럽게 말해 나는 순자 같고 당신은 맹자 같다. 알고 보면 나도 인간의 '어쩔 수 없음'을 인정한다. 인정하고 싶다. 인정해야 한다. 자살의 8할은 타살이니까. 하지만 그래도 끊임없이 의심해봐야 한다. 자멸파는 '잡아먹힐 수밖에 없는 먹이'가 아니라 '잡아먹히기 쉬운 먹이'일 수 있음에 대해. 그것이 바로 인간성의 출발이다.

응준_ '잡아먹히기 쉬운 먹이'인 나는, 인생의 어떤 부분들을 '어쩔 수 없이' 엄청나게 사랑한다.

미현_ 인간이 인간일 수 있는 가장 인간적인 이유는 무엇인가?

응준_ 나약하니까.

미현_ 어쩌면 그런 나약함을 핑계로 삼을 정도로 이기적인 것이 인간은 아닐까.

응준_ 죽을병에 걸린 자가 있다고 치자. 그가 자신의 병을 핑계 삼아 몇 가지의 사기를 칠 수는 있겠지. 그러나 그는 그 병이 죽을병이기에 결국엔 고통스럽게 죽을 것이다. 그 사실은 변하지 않을 뿐더러, 그가 친 몇 가지의 사기들이란 그의 죽음에 비하면 아무것도 아니다.

미현_ 도대체 '악'이란 무엇인가.

응준_ 인간에게는 비천한 자기 모습을 초월해 거룩해지려는 마음이 있다. 그것이 이른바 종교성(종교가 아니라)이고 존엄이다. 이를 실패하게 하는 것들이 악이 아닐까.

미현_ 악마가 따로 있나? 인간이 바로 악마 아닌가?

응준_ 악령의 집이 인간인 것 같다.

미현_ 당신은 누구보다도 악의 유혹성을 잘 아는 작가 같다. 악이 얼마나 달콤한지를.

응준_ 나는 탐미주의자다. 그럼에도 안식을 원한다.

미현_ 당신의 질문을 그대로 당신에게 던져보자. "세상에 진정한 파국이 있을까?"

응준_ 어디까지나 개인적인 대답이다. 나는 죽음 이후에는 아무것도 없었으면 좋겠다. 해탈이라든가 천국도 사양하겠다.

미현_ 이 소설에서 '그'는 위악적인 인물인 것 같다. 위악은 '악이지 않은 악'이다. '악인 척만 하는 악'이다. 그래서 '그'는 T보다 더 나쁘다.

응준_ '그'는 어떤 시각에서는 다분히 위악적이다. 나는 위선보다는 위악이 낫다고 생각하는 편이다. 그래서 소설 속의 '그'는 카뮈의 『이방인』에서의 뫼르소가 그렇듯 이해하기 힘듦에도 불구하고 약간의 동정심을 유발시킨다. 우리는 위선자를 악 자체보다 더 싫어한다. 왜냐하면 위선은 악보다 솔직하지 않기 때문이다. 순수는 차라리 위악에 있지 위선에 있지 아니하다. 당신이 말하는 위악이 위선으로 통하는 그러한 위악이라면, 그것은 역겹게 느껴질 것이다. 완전한 악이란 인간의 관념이다. 반면 위악과 위선은 인간의 구체적인 행

위와 욕망이 뒤섞여 육체를 이룬 현실태이다. 하여 이 소설 속에서 '그'는 악 자체가 아니다. 기껏해야 당신의 말처럼 위악적인 인물일뿐이겠지.

미현_ 그렇다면 이 소설에서 T는 악과 어떤 관계가 있는가. 악과 연관해서 '카'와 T의 관계가 중심축일 테니까.

웅준_ T는 악마에게 홀렸다기보다는 미친 것이다. 미쳤기에 그런 행동들을 한다고 생각하며 나는 썼다.

미현_ '카'라는 우상이란 무엇인가. '인간이기 때문에나약할 수밖에 없다.'는 사실에 대한 '알리바이'인가.

웅준_ 이 소설 속에서 '그'의 잠재의식에는 분명 책임전가를 바랐다는 혐의가 짙다. 인간에게는 스스로의 육체와 정신을 몰락시키면서 얻어지는 묘한 기쁨이 있다. '그'는 자기가 처한 미궁을 그런 방법으로 탈출하려고 했던 것은 아닐까? 그러나 퇴폐의 실을 따라 밖으로 빠져나온 '그'를 기다리고 있던 것은 죽음이라는 파국이었다. '그'는 '카'라는 우상과 T라는 여사제를 제물로 삼았다.

미현_ 그렇다면 왜곡되고 일그러진 우상으로서의 '카'가 아니라, 이 소설 속에서 '그'가 일관되게 원망願望하고 있는 진정한 '신'은 무엇인가.

응준_ 나는 신을 모른다. 인간이기 때문이다. 다만 내가 아는 것은, 신이란 보통의 언어로 우리에게 다가오는 것이 아니라, 오로지 시적인 언어로만 표현이 가능하다는 것이다. 성경에서도 신은 모세 앞에 불타오르는 떨기나무로 나타났지, 제 얼굴을 생경하게 드러내지 않았다. 예컨대 신이란 미학적인 측면에서 논해 보자면, 너무도 아름다워서 더 이상은 아름다워질 수 없는 무엇이다. 돌아가신 내 어머니는 암수술 직후에 예수가 백합꽃으로 나타났다고 말했더랬다. 나는 그것을 믿는다. 왜냐하면 그녀가 신을 본 것이 아니라 시를 보았기 때문이다. 백합꽃이라는 시 뒤에 숨은 신을 보았기 때문이다.

미현_ 당신의 그런 신관神觀이 이 소설 속에서는 무척 변형되어 나타나는 것 같다. 오히려 이처럼 아수라인 세상을 만든 것이 신 아닌가? 고로 신은 유죄

일 수 있다. 그런가.

응준_ '그'는 신을 저주한다. 그리고 '그'의 타락을 신을 향한 반항으로 파악할 수도 있을 것이다. 하지만 이 소설을 쓴 나는 '그'가 아니다.

미현_ 당신은 단편소설 「길과 구름과 바람의 적」에서 "신의 상실, 그것이 인간의 죽음이다."라거나 "인간은 어둠의 의미를 와해하고, 부활을 포기했다."라고 말했다. 이 소설은 그런 신과 인간의 관계에 대한 비서秘書인가.

응준_ 분명한 차이가 있다. 「길과 구름과 바람의 적」에서의 주인공은 스스로 신이 되려는 자이지만, 이 소설의 주인공인 '그'는 기껏해야 신을 비아냥거리는 자이다. 그것도 아주 무책임하게 제 몸과 영혼을 파괴하면서.

미현_ 그렇기 때문에 인간은 원죄나 타락으로부터 자유로울 수 없다는 것, 신에 대한 불신과 불경조차 인간의 탓이라는 것?

응준_ '그'는 신을 저주했지만, 알고 보면 신이라는 도

그마를 저주했을 수 있다. 원죄나 타락이라는 것들도 그 도그마의 범주에 속한다. 종교성은 종교의 몸을 얻어 인간의 제도로 자리 잡는 순간부터 괴물로 탈바꿈한다. 요컨대, 한국사회에서의 예수는 어쩌면 우상인지도 모른다. 오늘날 순수한 종교성으로서의 예수가 우리 앞에 나타난다면, 이 나라의 사람들이 믿고 있는 예수를 황금송아지라고 호통치며 때려 부수지 않으리란 보장이 없다. '그'는 신이 아니라 '그'의 의식에 입력되어 있던 신의 도그마로 괴로워한다. 그래서 신을 미워하는 것이다. '그'는 신의 도그마로부터 자유로울 수 없었다.

미현_ 이 소설은 이상한 제의祭儀를 치르는 소설처럼 느껴진다. 고통을 제물로 바라는 신은 이미 너무 인간화된 신이지 않은가?

응준_ 그것은 '카'가 T에게 있어서는 우상이요, '그'에게 있어서는 자신이 원망하는 신의 그림자이기 때문이다.

미현_ 결국은 인간을 높임으로써 신에 가깝게 하려는 것이 '문학의 종교성' 아닌가?

응준_ 문학의 종교성은 어떤 방법을 택하든 신과 인간, 그리고 그 사이에 있는 세상이라는 고통에 관해 고민함, 그 자체에서 나온다고 믿는다.

미현_ 악마가 강한 것이 아니라 인간이 약하다는 것이 인간 최대의 비극이고 신에게 불경하게 되는 이유인 것 같다.

응준_ 그래서 '그'는 신을 탓하는 것이다. 왜 나를 나약한 인간으로 낳았느냐고.

미현_ '그'는 구원받을 수 있었을까.

응준_ 죽어서 말인가?

미현_ 살아서 받는 구원은 기복祈福에 불과할 뿐이다. 그러니 '그렇게 처참하게 혹은 덧없이 죽어서라도'가 맞겠지.

응준_ 나는 '그'가 소설 속에서 독백했던 바대로 완전한 파국에 이르기를 바란다.

미현_ 당신의 최대 지옥은 무엇인가? 글쓰기가 최고最苦의 감옥인가?

응준_ 바로 이 대담이다. 나는 내가 쓴 소설에 대해 왈가왈부하고 싶지도 않고, 그럴 자격도 없다고 생각한다.

미현_ 그러면서도 작가들은 끊임없이 말을 하고, 들은 말들 때문에 마음 상해한다. 무엇보다도 당신은 벌써 많은 말들을 했다. 이미 지옥에 들어선 것이다.

응준_ 나도 '그'처럼 나약한 인간이니까, 뭐.

미현_ 이 '지옥'이 유혹적이지도 못해서 미안하다. 사실 우리가 지옥에 떨어지는 것은 그것이 아름답게 보이기 때문인데…… 하지만 당신도 '그'가 T를 잊지 못했던 것처럼 이 대담을 잊지 못하기를 바란다. '첫 번째 독자'로서 당신에게 두려움과 고마움을 느낀다.

작품 해설

몰락하는 비극의 미학

김봉석(영화평론가)

린다 굿맨이 쓴 『당신의 별자리』에서 전갈자리를 찾아보면 이렇게 시작한다.

'백과사전을 보면 전갈은 길게 휜 꼬리로 독을 쏘아서 먹이를 공격하고 마비시키는 야행성 거미류로, 특히 자기방어와 파괴를 목적으로 사용하는 독침은 때로 치명적이라고 합니다.'

오래전, 전갈자리 사람에 대해 들었을 때 선명하게 기억에 남은 말은, 복수심이 투철하다는 것이었다. 전갈자리 사람에게 뭔가를 잘못하면 그들은 반드시 기억하고 있다가 언젠가 복수를 한다는 것. 앞에서는 웃고 있어도 뒤에서는 음험하고, 언젠가 독침을 날릴 준비를 하고 있다고.

『당신의 별자리』를 보면 그런 말은 농담으로 흘려도 된다. 전갈자리는 음험하고 복수한다기보다 자존심이 강하고 강인한 사람이다. 지배를 원하지만 앞에 나서지 않는다. 참모는 아니고 막후의 실력자 정도를 원한달까. 이런 말들은 언제나 믿거나 말거나다. 별자리는 사주나 다른 점들과 비슷하게 태어난 날과 시간, 장소 등을 통해서 그 사람의 성격을 파악한다. 인간도 자연의 일부니까 영향을 받는 것은 당연하다. 태어난 지역에 따라 사람들의 성향이 다른 것처럼.

하지만 타고난 성질만으로 인간이 살아가는 것은 아니다. 인간에게 운명이 있다면 선택 또한 있다. 그러한 선택 또한 운명이라고도 하지만 분명히 자신의 의지라는 것은 존재한다. 태풍이 발생한다고 해서 반드시 정해진 경로를 따라가는 것은 아니다. 한낱 인간이라 해도 폭풍 속에서 멋지게 서핑을 할 방법은 있다. 죽을 것 같아도 어떻게든 살아남는 방법은 있다. 혹은 멋지게 죽는 길을 택할 수도 있다. 그러면 '전갈자리에서 생긴 일'은 혹 '전갈자리 사람이 선택한 일'로 읽을 수도 있지 않을까 하는 헛된 생각을 했다.

『전갈자리에서 생긴 일』을 처음 읽었을 때, 별다른 연관은 없지만 만화 하나가 떠올랐다. 고우영의 『가루지기』. 우리 민족의 해학을 잘 보여주는, 성에 얽힌 호탕한 민담을 만화로 그린 것이다. 고우영은 『삼국지』와 『수호지』 등 원작을 자유분방하게 자기 방식대로 판소리처럼 늘어놓기를 좋아한다. 『가루지기』는 원작에 없는 설정으로 출발한다. 뭇 남자들을 잡아먹는 여인, 옹녀. 입으로 잡아먹는 것이 아니라 타고난 살기가 이성의 기를 빼앗아버린다. 하룻밤을 지내고 나면 웬만한 남자는 이승을 뜨고, 약한 놈은 보기만 해도 지레 자빠져버린다. 결혼을 해도, 재혼을 해도 남자가 다 죽어 나가자 무작정 떠난 길에서 만난 남자가 가루지기다. 세상에서 가장 센 여자와 남자가 만나 그야말로 운우지정을 나누는 이야기가 『가루지기』다.

고우영은 옹녀의 기구한 인생에 자신의 설정을 부여한다. 아주 강력한 거미와 사마귀의 살이 옹녀가 태어날 때 이미 붙어버렸다는 것이다. 흔히 아는 세상의 곤충이 아니라 거미와 사마귀의 악령 같은 것이라고 할까. 아니면 요괴라고 할 수도 있겠다. 한 생명이 태어나기 위해 우주의 기운이 이리저리 교차할 때, 하필이면 거미와 사마귀 요괴가 작정하고 한 여인의 몸에 들어가 살을 넣어둔 것이다. 남자를 잡아먹을 때마다 그 녀석들은 기운을 얻는다. 사주나 별자리가 가능하다면 이 또한 가능하지 않을 리는 없다. 우주 어딘가에, 설령 우리가 보지 못해도 세상에는 에너지나 기운 같은 것이 있을 수 있으니까. 있다고 상정하면 많은 것들이 설명 가능해진다. 물론 비과학적이다.

『전갈자리에서 생긴 일』의 그 남자는 어떤 기운을 타고났을까. 전갈자리에 태어난 그 남자는 자존심이 강하고, 반드시 승리해야만 한다. 하지만 '그'는 엇나갔다. 애초에 '그'는 막후의 지배자 같은 존재가 될 운명이 아니었다. '그'는 지레 패배했고, 기꺼이 엇나갔다. 몰락하는 가문 때문에 추락하는 것이 아니라 애초에 '그'의 성정 자체가 추락할 수밖에 없는 운명이었다. 아니 '그'는 선택했을 것이다. 『전갈자리에서 생긴 일』에서의 모든 사건에서 '그'가 택하는 모든 것이 결국은 어둠으로 추락하는 경로였던 것처럼.

'그'는 베트남으로 간다. 하필이면 왜 베트남일까. 몇 가지를 떠올려본다. 프랑스의 식민지였던 나라. 한국도 미국과 함께 참전한, 결국은 미국이 패퇴한 베트남전쟁. 〈지옥의 묵시록〉, 〈디어 헌터〉, 〈플래툰〉, 〈연인〉, 〈씨클로〉, 〈첩혈가두〉, 〈님은 먼 곳에〉, 〈하얀 전쟁〉, 〈알 포인트〉 등 숱한 영화들의 배경.

베트남을 생각하면 뒤죽박죽이 된다. 어렸을 때는 〈월남에서 온 김상사〉 같은 노래를 들으면서, 베트콩이 나쁜 놈들이라고 배웠다. 월남 패망 소식을 들으며 북한에서도 무기를 들고 내려오는 것이 아닐까 두려워하기도 했다. 어른이 되면서 점점 알게 됐다. 제국주의가 뭔지, 베트남전쟁의 내막이 무엇이었는지 등등. 하지만 여전히 혼돈이었다. 과연 무엇이 진실일까. 아니, 진실이란 게 존재하기는 하는 것일까?

공수창 감독의 〈알 포인트〉는 베트남전쟁의 막바지인 1972년이 배경이다. 6개월 전 사라진 부대의 구조요청을 따라 구조대가 로미오 포인트에 들어간다. 그리고 서서히, 하나씩 미치고 죽인다. 너를 믿을 수 없고, 나 자신도 무엇인지 알 수 없는 상황. 그건 단지 〈알 포인트〉에 나오는 상황에서만 그런 것이 아니다. 베트남전쟁 자체가 거대한 카오스였다. 미국도, 한국도 한마디로 베트남전쟁에 관해 규정할 수 없다. 한국군은 정의를 위해 파병된 것일까, 단지 용병에 불과한 것일까. 한국군이 베트남에서 저지른 학살은 과연 어떻게 봐야 할까. 한국은 과연 베트남에 합당한 사과와 보상을 한 것일까? 우리의, 나의 죄는 과연 무엇일까.

베트남이라는 나라를 생각하면 시야가 흐려진다. 그 나라에 얽힌 복잡하고 어두운 역사에서 벗어날 수가 없다. 프랑스와 미국이라는 강대국의 지배를 받았고, 두 나라를 다 물리치고 사회주의를 택한 나라. 사회주의가 몰락하면서 다시 시작한, 젊은 세대가 인구의 절반을 넘는 나라. 그러나 여전히 과거의 망령에 사로잡혀 있고, 근대 이전의 존재들과 함께 살아가고 있는 사람들.

그가 만난 베트남 여인 T는 1920년경에 형성된 까오다이교를 믿는다. 기존의 도교와 불교에 새롭게 들어온 기독교를 결합한 종교. "대략 20만 명의 신자들이 있는데, 그들은 부처와 예수, 잔 다르크, 나폴레옹 보나파르트, 심지어는 소설가 빅토르 위고까지 성인으로 여기고 있다." 이상한가? 한국의 무당집에 가도 관우와 맥아더, 심지어 박정희를 모시는 곳도 있는데 이상할 게 뭐가 있나. 베트남은 이곳과 골목 하나를 사이에 둔 다른 세상일 뿐이다.

할리우드 영화는 베트남전을 다양한 방식으로 그

렸다. 〈디어 헌터〉의 남자들은 전쟁에 가서 그들의 순수한 젊은 시절을 잃어버렸다. 〈플래툰〉에서는 선과 악이 충돌한다. 그 안에서 무엇을 선택하건 미국인들은 거대한 상처를 입었다. 물론 미국인의 측면에서 본 베트남전쟁이다. 유색의 여인들을 끔찍하게 사랑했던 올리버 스톤이 만든 〈하늘과 땅과〉에서는 베트남 여인이 주인공으로 나오지만 다를 건 없다. 가해자의 관점에서, 피해자의 마음을 헤아려 만든 영화들이다. 한국의 〈하얀 전쟁〉이나 〈알 포인트〉도 마찬가지다.

하지만 당연한 일이다. 그들은 베트남에서 이방인이다. 그들은 잘못된 시간에, 있지 말아야 할 곳에 있었기에 상처받았고 혹은 파괴되었다. 그들은 다른 것을 모른다. 보지 않는다. 자신의 상처를 어루만지고 들여다보기에 급급하다. 지금 내가 너무나 아프니까. 그런 부류의 영화에서 미군 주인공들이 행하는 모습을 『전갈자리에서 생긴 일』의 '그' 역시 보여준다. '그'는 베트남 사람들에게 관심이 없다. '그'는 멋지게 추락할 무엇인가가 필요할 뿐이다. 도피처로서의 베트남은 완벽하다. 여전히 풍족한 돈을 가진 '그'에게는 모든 것이 주어진다. 여자와 마약 등등. 베트남의 과거 따위는 중요하지 않다. 지금 '그'에게 필요한 것은 베트남에서 벌어지는 미시적인 전쟁이다. 이를테면 T가 섬기는 '카Ka' 같은 악령들과 어떻게 싸울 것인지 같은 사소한, 하지만 결국은 '그'를 파괴할 싸움들.

〈지옥의 묵시록〉에서 윌라드 대위는 사라진 커츠 대령을 제거하라는 명령을 받는다. 한때는 위대한 전쟁 영웅이었지만 언젠가부터 군대의 통제를 벗어나 캄보디아에서 자신의 왕국을 만든 남자. 윌라드 대위는 4명의 병사와 함께 밀림에 들어가고 마침내 커츠의 왕국에 도착한다. 〈지옥의 묵시록〉은 조지프 콘래드의 『어둠의 심연』을 원작으로 한다. 19세기 말 아프리카를 배경으로 한 원작을 베트남전쟁으로 바꿔낸 프란시스 코폴라는 문명과 야만을 교차하며 그 어디에나 인간의 내면에 존재하는 어둠을 그려낸다.

윌라드는 이성적인 사람이다. 자신들의 전쟁이 절대 정의롭지만은 않다는 것을 알고 있다. 그렇지만 군인이기에 명령을 지켜야 한다. 문명이란 약속이다. 서로 행해야 하는 것을 성실하게 이행했을 때 문명은 성립할 수 있다. 그것을 폭력적으로 거부한다면 범죄자가 되고 합당한 처벌이 행해진다. 커츠는 모든 것을 거부한다.

문명 안에서 충분히 성공했고, 더 큰 영광을 거둘 수 있는 능력이 있음에도 불구하고 커츠는 자신만의 왕국을 원한다. 문명이란 무엇인가. 커츠에게 문명이란 일종의 거짓이다. 허상이다. 커츠는 자신의 어둠을 들여다보고 있다. 그 안에 무엇이 있는지가 보고 싶을 뿐이다.

『전갈자리에서 생긴 일』의 '그'에게는 약혼자가 있다. 어릴 때부터 알고 있던, 역시 재벌가의 일원인 약혼자. '그'에게, '그'의 집안에 문제가 생겼다는 것을 알면서도 그녀는 포기하지 않는다. 적어도 외면상으로는 그렇다. 하지만 '그'는 알고 있다. 그녀가 원하는 것이 무엇인지. 몰락하는 가문의 일원이 된 '그'를, 단지 물적인 이유만으로 내치고 싶지 않다. 자신에게는 여전히 순수와 사랑이 존재한다는 것을 과시하고 싶다. 그렇기에 그녀가 원하는 것은, '그'의 완전한 몰락이다. 베트남의 고급 호텔에서 술이나 마약에 취해 죽어가는 것. 투신을 해도 좋고, 과용으로 스러져도 좋다. 어느 쪽이건 슬픔을 한껏 안고 세인의 위로를 받기에는 더할 나위 없이 좋으니까.

'그'는 알고 있다. 그 정도로는 영리하다. '그'가 사는 세상이 허위로 가득 차 있다는 것 정도는 알고 있다. 그렇기에 약혼녀가 보낸 편지를 읽으며 낄낄거릴 수 있다. '그'가 갈구하는 것은 어둠이다. 자신의 머리를 독침으로 찔러버릴 만큼 절망적이거나 권태로운 무엇인가를 찾고 있다. 한때 그것은 T였다. 베트남 고관의 딸. 명문 대학의 교수. 보는 것만으로도 황홀한 미모의 여인. 하지만 그녀의 내면은 텅 비어 있었다. 그렇기에 빠져들었다. 그 어둠 안으로 한없이 빠져들어 몰락하고 싶었다. 하지만 그녀에게는 남편이 있었다. '그'가 보기에는 사이비종교에 불과한 까오다이교의 신인 '카'. '그'는 기꺼이 야만의 존재인 '카'를 더럽히고 모욕했다. 그것만이 문명에 속한 '그'가 할 수 있는 유일한 방법이니까.

오우삼의 〈첩혈가두〉에서 부자가 되고 싶었던 바비, 아휘, 아영은 사람을 죽이고 베트남으로 도망간다. 1967년이 배경이다. 금괴를 훔치려다가 베트콩의 공격을 받게 되고, 아영은 친구를 배신한다. 친구가 쏜 총알이 머리에 박힌 채로 아휘는 살아간다. 언제 머리에 박힌 총알이 방향을 틀어 당장 죽을지 모르는 상황에서, 폐인처럼. 그들은 멋진 미래를 꿈꾸다가 갈라졌다. 배신하고, 친구에게 총을 겨눴다. 〈첩혈쌍웅〉이나 〈저

수지의 개들〉을 생각하면 안 된다. 서로에게 총을 겨눈 그 순간, 모든 세상은 무너졌다. 베트남은 세 청년을 갈가리 찢어 놨다. 그들의 관계만이 아니라 그들 자신을.

T를 다시 만난 '그'는 알고 있었다. 언젠가 그녀는 자신을 잡아먹고 말리라는 것을. 그러니까 돌아가야 했다. 하지만 결코 돌아갈 수 없다. 돌아간다면 '그'는 모두에게 버림받을 것이다. 무너져가고 있는 가문의 가족과 인척들, '그'의 초라한 죽음을 고대하던 약혼녀, '그'를 질투하던 친구들 등등 세상의 모두에게. 돌아갈 수 없는 '그'는 결국 선택을 해야 한다. 자신의 머리에 독침을 쑤셔 넣을 것인지, 과감하게 T에게서 벗어날 것인지.

하지만 알고 있지 않은가. 선택은 또한 운명이기도 하다는 것을. '그'는 선택과 운명 사이에서 운명을 택한 자다. 자신이 선택을 하는 것보다 거대한 운명의 소용돌이에 자신을 몰아넣고, 비극의 주인공으로 처참하게 찢기는 것을 보며 사람들이 숙연해지는 광경을 보고 싶은 자다. 물론 낄낄거리며. 하지만 '그'는 어리석다. 그 운명이 결국 자신의 선택이었고, '그'는 결코 우주의 어떤 법칙도 이해하지 못하는 덜떨어진 범인凡人

에 불과하다는 것을 모른다. 그래서 '그'는 초라한 악인이고, 자신이 모든 것을 선택하며 기꺼이 죽음조차도 이루어낼 것이라고 허풍을 떠는 겁 많은 아이일 뿐이다. 머릿속에 들어 있지도 않은 총탄을 혼자 상상하며 비장해지는 철부지 양아치 정도의 인간.

하드보일드의 주인공은 주로 탐정이다. 거대한 세계에 맞서 자신만의 윤리를 지키는, 마지막 남은 기사. 음모의 한복판에 있는 여인을 구해내려 애쓰는 탐정의 분투는 충분히 존중받아야만 한다. 하지만 하드보일드의 영화적 변형인 필름 누아르에 흔히 등장하는 팜므파탈에게 완전히 빠져버린 남자들은 어떨까. 대실 해밋의 남자들은 팜므파탈에게 절대 넘어가지 않는다. 그녀들이 유혹하려 할 때도 냉정하게 뿌리칠 뿐이다. 하지만 하드보일드의 탐정들은 점점 나약해진다. 어쩔 수 없다. 그녀들이 팜므파탈이 될 수밖에 없는 이유를 알기 때문이다. 세상이 그녀를 망치고, 흔들어대기에 그녀들은 선택을 했다. 무력하게 희생자가 될 것인지, 남자를 잡아먹고 자신의 빛을 드러낼 것인지.

그러다 보면 완벽하게 주어진 역할에 취하기도 한다. 그리고 나약해진 남자들은 강하지만 연약한 그녀들에게 쉽게 넘어간다. 그녀는 너무나도 아름답고 게다가 약자이기 때문에. 남자들은 그녀를 구원하고, 그녀의 유일한 기사가 되기를 원한다. 〈보디 히트〉의 변호사인 러신이 그랬고, 〈원초적 본능〉의 정신과 의사 마이클이 그랬다. 분명히 그녀가 위험하다고 느끼면서도, 그녀의 약점이나 상처를 보는 순간 선을 넘어버린다. 자신만이 진짜 그녀를 보았고, 자신만이 그녀를 구원할 수 있다고 믿는다. 우스운 착각이다.

금성무가 주연한 영화 〈불야성〉은 졸작이지만, 원작 소설은 걸작이다. 작가로 데뷔하기 전 서평을 썼던 하세 세이슈는 이미 1990년대가 되면서 목가적인 하드보일드의 시대는 끝났다고 말했다. 자신만의 윤리를 지키는 것조차 더 이상 가능하지 않다는 것이었다. 단순한 정글이 아니라 서로가 서로를 물어뜯으면서 오로지 살아남는 것만이 목적인 세상에서 고독한 기사는 존재할 수 없다는 것이었다. 그 선언대로 하세 세이슈는 1996년 데뷔작인 『불야성』을 발표한다. 신주쿠 가부키초의 중국인 범죄조직 주변에서 살아가는 류젠이의 극렬한 생존투쟁을 그린 하드보일드 소설이다. 나츠미라는 여인을 만나고, 그녀의 속셈을 알면서도 속아 넘어가 주고, 그러면서도 사랑에 빠지고, 그러면서도 다시 속고 속이며 어떻게든 지옥에서 살아남으려는 남과 여의 이야기.

그렇다면 『전갈자리에서 생긴 일』의 '그'와 T 역시 비슷한 관계일까? 일단 고전적인 하드보일드의 남과 여는 확실히 아니다. T는 '그'에게 구원을 원하지 않는다. '그'는 쾌락의 대상이고, 그녀가 가면을 벗고 만날 수 있는 하나의 대상일 뿐이다. T에게 남자는 과연 '그' 하나뿐이었을까? 그런 상상을 할 수 있다는 것 자체가 우습다. T는 일종의 초월적 존재다. 존재하지만 존재하지 않는 것. 그런 점에서 '그'가 T에게서 유일하게 벗어날 수 있는 길은 죽이는 것뿐이다. 자신의 행위를 통해 그녀의 존재를 명확하게 지워버리는 것.

『불야성』의 류젠이와 나츠미의 관계 비슷할까? 그것도 아니다. 류젠이의 목적은 살아남는 것이다. 추락을 원하는 '그'와는 다르다. '그'는 나락으로 떨어지는 동안의 황홀한 경험이 필요한 것이다. T라는 여인은 완벽하다. 유일하게 '그'가 T에게서 용납할 수 없는 것은 '카'의 존재다. 현재에 속하지 않는, 현실에 속하지 않는 존재. 그렇기에 '그'가 거부할 수 없고, 도망칠 수도 없는 존재. 그런 '카' 때문에 T에게서 도망쳐야만 했다. T는 '그'에게 집착하지 않는다. 집착할 이유도 없다. 그녀의 존재 어디에도 '그'가 끼어 들어갈 틈은 없다. 명백한 '그'의 패배다.

그러니까 『전갈자리에서 생긴 일』은 팜므파탈에게 현혹되었다가 완벽하게 몰락하거나 겨우 살아남아 추억을 곱씹는 남자의 하드보일드가 아니다. 작가의 말처럼 초라한 악당의 이야기다. 누구도 동정하지 않고, 누구도 이해할 필요가 없는 초라하고 사소한 악당의 비극적인 말로. 아니, 비극이라는 말을 붙이는 것조차 허황한 자발적이고 지지부진한 몰락의 과정이다. 추락하는 것은 날개가 없다고 했지만, 그건 차라리 축복이다. 날개가 없으면 한순간에 떨어지면서 모든 것을 집약하여 드러내는 것이 가능하다. '그'는, 몰락을 기꺼이 지켜보고자 하는 약혼녀가 보기에도 너무나 지루하게 버티고 있다. 비굴하고, 저열하게.

그래서 재미있고 때로 짜릿하다. 그 나른하고도 잔인한 몰락의 과정을, 3인칭이지만 너무나도 1인칭의 독백 같은 형식으로 보여주고 있으니까. 나도 그 관음에 빠져 있으니까.

전갈자리에서 생긴 일

초판 1쇄　2001년 3월　7일
재판 1쇄　2004년 6월 25일
개정판 1쇄 2017년 5월 25일

지은이 / 이웅준
펴낸이 / 박진숙
펴낸곳 / 작가정신
편집 / 김종숙 김나리
디자인 / 주영훈
마케팅 / 김미숙
디지털콘텐츠 / 김영란
관리 / 윤선미
인쇄 및 제본 / 한영문화사

주소 (10881) 경기도 파주시 문발로 207
대표전화 031-955-6230 팩스 031-944-2858
이메일 editor@jakka.co.kr 블로그 blog.naver.com/jakkapub
출판등록 제406-2012-000021호

ISBN 979-11-6026-044-1　03810

이 도서의 국립중앙도서관 출판시도서목록(CIP)은 서지정보유통지원시스템 홈페이지(http://seoji.nl.go.kr)와 국가자료공동목록시스템(http://www.nl.go.kr/kolisnet)에서 이용하실 수 있습니다.
(CIP제어번호 : CIP2017010041)